JOHANNE RIGOULOT

Johanne Rigoulot est l'auteur de *Et à la fin tout le monde meurt* (Prix *Marie Claire* du premier roman, Flammarion, 2007), et de *Bâti pour durer* (Fayard, 2012). Scénariste pour la télévision et le cinéma, elle a notamment créé pour France 2 la série *Disparition inquiétante* avec Sara Forestier. Son dernier roman, *Un dimanche matin*, a paru aux Éditions des Équateurs en 2019.

Durant les mois et les années qui ont suivi le geste de Pierre, ou plutôt ses gestes, comme j'allais l'apprendre au moment du procès, je me suis attelée à leur trouver un sens. Face à l'inconcevable, c'est un réflexe de survie : on traque la clé du basculement comme on chercherait l'oxygène. On peut fouiller d'autant plus loin qu'on ignore quand le processus s'est mis en marche : faut-il forer l'enfance du tueur, sa construction d'homme ou, plus tard, sa rencontre avec la victime ? On peut creuser d'autant plus profond qu'on ignore même s'il y a quelque chose à trouver.

L'histoire dramatique que je m'apprête à raconter compte une morte, deux orphelines et deux familles dévastées. La souffrance se diffuse par capillarité. Elle a frappé tous les proches de Pierre et de Katia. Elle nous a touchés, les miens et moi, bousculant notre conception du bien et du mal, notre approche de l'intime.

C'est un fait divers comme la France en compte des centaines chaque année. Quand, au hasard d'une conversation, j'évoque « mon cousin condamné pour le meurtre de sa femme », je m'étonne de la surprise des gens. Les crimes et délits saturent les journaux et nourrissent nos imaginaires. Nous autres, auteurs en tout genre, en vivons. Ils doivent bien trouver leur réalité quelque part.

Elle est la mienne et celle de ma famille depuis ce soir de juillet 2004.

Pierre a tué un dimanche matin avant de cacher le cadavre de sa victime. Par les multiples atteintes portées au corps de sa femme, mère de ses deux enfants, il a contraint le monde à parler d'elle au passé. Trois jours plus tard, le temps d'une mise en scène grossière révélée par l'enquête, l'affaire envahissait nos vies.

La famille est un organisme vivant. Qu'un seul élément l'intoxique et le corps entier entre en lutte.

Ma tante Dominique, dite Dom depuis toujours, a appris, le soir du 19 juillet 2004 par un appel des parents de Katia, être devenue la mère d'un meurtrier. La jeune femme avait disparu depuis deux jours. Son cadavre venait d'être retrouvé par la police, caché dans un sac de chantier au sous-sol du domicile conjugal. À l'heure de l'appel, Pierre avait déjà reconnu les faits.

Le coup de fil a été brutal et informatif.

Dominique a dû attendre la presse régionale du lendemain matin pour découvrir le déroulé du meurtre, et elle n'est jamais parvenue à nous le répéter. Ses mots s'évanouissaient sous le poids du choc. À qui réussissait à en obtenir davantage, elle évoquait tout juste une matraque électrique, encore ahurie de la présence d'un tel objet chez son fils.

Aux policiers, Pierre aurait dit avoir « fini par prendre sa femme pour le Diable ».

Nous n'avions pas la possibilité d'en savoir davantage, à cinq cents kilomètres de la scène de crime. À l'époque de CaraMail et de Voila.fr, Internet servait avant tout à chercher des recettes de cuisine et la presse se cantonnait au papier. Il nous fallait des relais humains et les parents de Pierre n'étaient pas encore aptes. Pour imaginer un lien entre le cousin connu depuis toujours et sa réalité toute neuve, il ne nous restait qu'à spéculer. Ce n'est pas rien de tuer, il faut s'en donner la peine.

Alors, par mille coups de fil, les hypothèses ont été élaborées. Tout était à définir : cause, mode, date exacte. Quand cela avait-il eu lieu au juste ? Sur le calendrier des faits, nous restions dans le flou. La nouvelle nous était parvenue le mardi en fin de journée, déjà défraîchie. Pour moi, le samedi soir s'imposait. Ma mère, divorcée de mon père depuis des lustres, mais soudain reliée à cette famille comme au bénéfice d'une loi martiale, évoquait un meurtre le dimanche matin et je ne m'y résolvais pas : il fallait de l'ivresse, de la passion pour tuer. Dans ma conception du monde d'alors, on ne pouvait venir à bout d'un corps à froid. Je la reprenais comme on corrige quelqu'un sur le sens des couteaux et des fourchettes : « On ne tue pas un dimanche matin. » Point.

Je me trompais. On tue *aussi* le dimanche matin.

Sur le mode opératoire, nous n'en savions pas davantage, mais n'avions, en revanche, aucun doute. L'affaire devait se résumer à un accident. Un coup trop vif, une chute sur le radiateur, façon Bertrand Cantat. La mort par malentendu. Quitte à ranger cette fameuse matraque électrique dans le décor sans plus nous en préoccuper. Nous l'aurions su si Pierre était violent : nous le connaissions depuis toujours.

Pour nous, partisans du bourreau, la cause était évidente : la souffrance.

La « souffrance de Pierre », nous n'avions que cette formule à la bouche et cette obsession en tête. Au procès, ma tante dirait avoir eu cette première pensée en apprenant le geste de son fils : « Mon Dieu, comme il a dû souffrir. »

Katia était morte. Il fallait s'occuper des vivants.

Mais, surtout, accéder à la vérité de cette tragédie exigeait un bien plus long chemin.

Nous devions, pour l'atteindre, faire le deuil d'un monde où le Bien et le Mal étaient distincts et la vie, tellement plus confortable.

Il y a cette scène du *Corbeau*, le film d'Henri-Georges Clouzot sorti en pleine occupation allemande.

Dans une petite ville de province, Pierre Fresnay, qui interprète un médecin calomnié par une soudaine déferlante de lettres anonymes, s'en ouvre au psychiatre.

Quel monstre peut lui vouloir du mal ?

L'expert juge l'approche simpliste. Elle réduit le monde à la lampe suspendue face à eux, dessinant si nettement les ombres. L'humanité est ailleurs, corrige-t-il en projetant l'abat-jour dans un mouvement de balancier. Ombre et lumière se mélangent en permanence.

Désemparé, le médecin saisit la lampe à pleines mains pour rétablir l'harmonie. Il se brûle.

Un fait divers, c'est ça.

Gentil.

Pierre est gentil. Pierre est *tellement* gentil.

Ainsi l'évoque-t-on dans la famille jusqu'à cet été 2004. Pierre sourit et ne se plaint jamais.

Dans la fratrie, mon père est entouré de deux sœurs. Pierre est le fils cadet de l'aînée, Dominique, donc.

Ma grand-mère, pleine de qualités mais dépourvue de fantaisie, a donné à ses trois enfants des prénoms mixtes, afin de parer à la surprise de l'accouchement, et aux initiales différentes, pour ne pas mélanger les ronds de serviette. Cette maîtresse femme, dans tous les sens du terme, directrice d'école, profondément républicaine, capable d'aller voter les jours de grippe « car des gens sont morts pour ça », indexant nos étrennes sur le taux d'inflation, a vécu un drame dans sa vie : la déportation de son frère adoré, Aliaume, pour faits de résistance.

Le portrait de celui-ci est suspendu face à son lit. Dans l'inventaire de la maison préparé en attendant la mort, trop lente à venir depuis celle de mon grand-père, il figure en place essentielle. J'ignore qui en a hérité.

Cette femme, droite au point de ne jamais montrer aucune émotion, au-delà de l'amour évident qu'elle nous porte, n'évoque jamais ce frère perdu. J'apprends son existence un jour, enfant, en tombant sur un de ses cahiers d'école. J'interroge aussitôt ma grand-mère au sujet de cet inconnu au prénom étrange et provoque un malaise parfaitement inattendu sur un corps parant d'ordinaire à tous les coups.

Selon la légende familiale révélée par d'autres, Aliaume, tombé dans la chute de son réseau de résistance en banlieue lyonnaise, a été déporté dans un camp de concentration allemand en juillet 1944. Ce sont les dernières nouvelles de lui jamais données aux siens.

Mon père dit de sa propre mère qu'elle a passé le reste de sa vie à l'attendre. Oui, cela ressemble à un deuil amoureux impossible. Mes grands-parents étaient déjà mariés lors de l'arrestation d'Aliaume. J'ignore comment cette tristesse s'est inscrite dans leur intimité. Ces interrogations-là n'ont pas cours dans la famille. On ne s'attarde pas sur ce qui ripe.

Une chose est sûre : le fils d'officier nazi avec lequel se fiance Dominique, à l'issue de ses études d'ingénieure, cadre mal dans le tableau.

D'autant que Werner fait, déjà à l'époque, peu d'efforts pour séduire : sûr de lui autant que râleur, autocentré. Il pratique avec talent l'art de l'autosabotage.

Bien des années plus tard, le jour de l'enterrement de mon grand-père, on le retrouve, sifflotant dans la cave, à charger les bouteilles de vin désormais orphelines pour les emporter.

Chez nous, la guerre n'a jamais pris fin.

C'est pour Dominique que la famille supporte sa présence. Ma tante voue un amour inconditionnel à son mari. Elle n'évoque jamais ce beau-père mort sur le front allemand bien avant leur rencontre, mais plutôt sa belle-mère turque. Pourtant, en découvrant Werner, sa taille haute et carrée, ses yeux bleus et son accent digne d'une caricature, on pense davantage à l'invasion de la Pologne qu'aux merveilles de l'Orient.

De leur mariage, naît un premier fils, Ludovic. Ma grand-mère prend ses distances avec le couple après avoir vu, selon ses termes, Werner malmener physiquement Dominique pendant sa grossesse. Elle parle de « coups de pied aux fesses » et de phrases humiliantes. L'enfant ressemble à son père : il grandit en colère, dans une faible écoute du monde, considéré comme d'une grande puissance intellectuelle sans jamais avoir à en faire preuve.

À l'arrivée de Pierre, cinq ans plus tard, en 1969, la place du fils est déjà prise. Il pousse en bonsaï, sans faire de bruit, dans l'espace qu'on consent à lui allouer.

Sa mère aime à rappeler en riant que son premier mot n'a été ni « maman » ni « papa », mais le nom du chien.

En juillet 2003, à Vilnius, Bertrand Cantat provoque la mort de sa compagne Marie Trintignant. Le couple était d'une beauté stupéfiante et le fait divers, un choc. On est pour ou contre Cantat, dans un soudain oubli de toute conscience morale et politique. Parce que, des années durant, l'homme a porté nos idéaux avec un talent hors normes, dans cette virilité tranquille et ténébreuse, et nous a accompagnés dans les tréfonds de notre intimité, il est impossible à condamner. Pire, sa victime devient l'instigatrice de sa propre mort. Dans la presse, on lit des choses étonnantes. Une jeune femme, dans le courrier des *Inrocks*, trouve son sort enviable. « Partir sous les coups de son compagnon fou d'amour, écrit-elle, n'est-ce pas la plus belle manière de quitter la vie ? » On cite Baudelaire, on convoque Rimbaud et Verlaine. Décidément, il nous a fallu beaucoup aimer Bertrand Cantat pour le dissocier de ce qu'il était devenu : un tueur de femme. Moins beau, moins talentueux, il n'aurait sans doute pas eu cette chance.

L'élégance est payante jusque dans le meurtre.

Quand, un an plus tard, je dois annoncer à mes proches le fait divers où nous basculons si brusquement, ma famille et moi, l'affaire Cantat-Trintignant a fait un remarquable travail préparatoire. On peut désormais être un meurtrier chic et rock. Alors mes interlocuteurs tentent de me faciliter la tâche. Tous cherchent d'abord la circonstance atténuante, le possible accident, celui où l'on tue comme on ferait l'amour, avec trop de passion.

Mais, malgré tous leurs efforts à traquer le glam, nous sommes à sec. Le seul excès de cette histoire tient à la force des coups. Le corps a été retrouvé dans un sac-poubelle de cinquante litres. Définitivement, la concurrence nous pulvérise : notre tristesse doit s'affronter sans cosmétique.

Alors, nous nous taisons. Autour de moi, seuls les témoins de mes crises d'angoisse ou de mes débordements de larmes partagent la confidence de cette difformité gênante. Les rares occasions où j'évoque la question sans y être contrainte sont désastreuses. Aucune oreille n'est faite pour pareil récit sans y être préparée. Mes interlocuteurs s'en protègent dans une ironie surprenante leur épargnant l'introspection. Seraient-ils ou non capables de ce geste ? La question, trop encombrante, est renvoyée au loin. Mieux vaut en rire.

Je ne m'alloue pas cette liberté. Pour alléger ma part du fardeau, il me faudra, moi, accepter le voyage au cœur de ce meurtre.

Perdre son chien, son chat. Se faire larguer par un amant marié. Repiquer avec son ex et connaître à nouveau l'échec. Il est des souffrances profondes impossibles à assumer. Celle de pleurer sur un cousin tueur en était une, inédite.

Nul ne peut se prévaloir de la turpitude de ses proches.

Adolescent, Pierre mange comme quatre. Un ogre. À se demander où disparaît cette nourriture avalée en quantité effarante. Ma mère a honte quand elle l'invite dans sa propre famille : il se ressert sans courtoisie.

Aujourd'hui, Pierre est devenu « ton cousin qui a tué sa femme », mais durant toute mon enfance il a été « celui qui dévore ».

Chez ses parents, on voue un culte à la cuisine. Dominique est chimiste : elle expérimente avec passion dans ses propres plats. Ce qui n'est pas au niveau est considéré comme « dégueulasse » par Werner. Le mot résonne souvent dans sa bouche comme une sanction sans appel et devient une plaisanterie dans la famille. Dominique, femme diplômée, viscéralement de gauche, féministe dans les faits, s'excuse généralement pour proposer autre chose. Pierre, lui, avale sans un mot.

Être enfant dans cette maison construite en banlieue aisée de Lyon est inhibant. On redoute de poser par mégarde ses doigts sur le piano de Werner, d'abîmer sa collection de vinyles, de mal structurer une phrase. Ses colères flamboyantes nous tétanisent. Elles sont imprévisibles, provoquées par des détails auxquels personne n'aurait prêté attention. Ce terrorisme du quotidien maintient une tension constante. Chez lui, Werner règne en autocrate.

J'ai la chance de naître fille : je ne stimule aucune rivalité chez lui. Quand, certains week-ends, nous parcourons, depuis la Bourgogne où nous vivons, cette centaine de kilomètres jusqu'à eux, j'ai droit à un traitement privilégié, et même à de la tendresse. Face à la bienveillance dont je bénéficie, il se murmure qu'avoir une fille aurait tout changé dans la paternité de Werner. Faute de quoi, il se console avec ses chiens de race auxquels Dominique et lui vouent un culte, à la manière de couples dépourvus d'enfants. Ils leur font passer des concours canins. L'absence de résultats satisfaisants les pousse à abandonner.

Pierre est un radeau de survie dans cette immense maison où tout semble hostile. *Pierre est gentil*, n'oublions pas. Nous, les cousins, nous réunissons dans sa chambre, à l'écart, véritable atelier de maquettes. Elle croule sous les répliques d'avions de guerre. Il les fabrique à longueur de week-ends, tout entier mobilisé par la finesse du geste. Après le meurtre, cette passion prendra un sens différent. Aux assises, l'avocate générale, convaincue de la préméditation de son crime, poussera un témoin dans ses retranchements afin d'obtenir le mot « méticuleux » en lieu et place de « minutieux », sans doute moins ambivalent.

Pierre assemble, colle et peint ses petits avions avec une délicatesse singulière. Un temps, au début de son incarcération, il nous demandera de lui envoyer des plans. Un site anglais commercialise plusieurs modèles. On en paiera le téléchargement avant de l'imprimer sur un papier épais dont Pierre nous aura précisé le grammage dans ses lettres. Il les découpera avec soin, les pliera, puis les collera avant de les faire voler à travers sa cellule.

À l'époque de son adolescence, la famille de Pierre habite une petite ville de banlieue tranquille, près d'un lac. Quand il s'éloigne de ses maquettes, c'est pour aller dehors, au grand air. Ça tombe bien : ce fils-là est préposé aux promenades du chien et à la logistique des affaires de voile de son père. Werner a des douleurs dorsales réputées insoutenables. Elles l'empêchent de gérer son matériel, mais pas de naviguer.

Pierre a toujours le sourire aux lèvres. Un sourire courtois, entre le smiley et la Joconde. Il le conserve en toutes circonstances, bouclier face au monde. Un jour, pour pacifier une dispute de famille, mon cousin Bruno lance en plaisantant : « Et si on disait du mal de Werner pour mettre tout le monde d'accord ? », avant de se rappeler, mort de honte, la présence de Pierre. Qui se contente de sourire pour toute réponse.

La vie de Pierre s'épanouit dans ce cadre circonscrit, où le conflit est constamment fui. Pour échapper aux hurlements de son père et aux altercations entre ses parents et son frère, héritier de la colère, il ferme la porte de sa chambre ou prend son vélo.

Pierre est de ces adolescents que les enfants adorent et dont les adultes disent qu'ils ne posent pas de problèmes.

Ce dimanche de 2004, alors que Pierre passe sa dernière nuit chez lui, à quelques mètres du cadavre de sa femme, pieds et poings liés, dissimulé dans un sac-poubelle, je rentre avec mon frère et mon mari, Chaïm, d'une fête de famille.

Chaïm conduit. À nouveau, comme sept ans plus tôt, au retour du mariage de Pierre, Clément et moi nous retrouvons à faire des pauses pour alterner, avant, arrière. Nous partageons en frère et sœur ce faible amour pour la conduite. Chaïm fait avec et s'envoie les six cents bornes.

Le trajet est sensiblement le même : nous traversons la banlieue sud de Lyon pour remonter vers Paris. Soudain, un embranchement : la ville où Pierre habite désormais apparaît sur un panneau. Katia et lui y ont fait construire une maison récemment. C'est une mauvaise affaire : le jardin, trop pentu, est impraticable. La dernière fois que j'ai appelé Pierre, il ne m'a parlé que de ça : des brouettes de cailloux transbahutées chaque week-end qui lui ruinent le dos. Mon cousin s'est transformé en Sisyphe du fait d'un mauvais achat. Il dit ne plus avoir le temps de jouer avec sa fille aînée, qu'il adore, et ne pas profiter de la petite qui vient de naître. J'ai fini par raccrocher, soulagée comme on retrouve sa vie au générique de fin d'un Ken Loach.

Dans la voiture, je rigole : « On va voir Pierre ? » Mais l'idée ne paraît pas si mauvaise à mon frère qui, contre toute attente, me prend au sérieux. Pourquoi pas ? On lui ferait la surprise.

Refroidie, je dissipe en panique le malentendu : une surprise ? On risquerait surtout de tomber en pleine engueulade. Non, vraiment, autant passer notre chemin.

Chaïm, qui s'est bien gardé de prendre part à l'échange, a l'air rassuré : il achève vingt-quatre heures de cohabitation belle-familiale. Cela suffit largement à son quota annuel. Inutile d'ajouter le cousin dépressif.

Je remets la musique et Chaïm accélère.

Quand, au milieu des années 1980, notre mère demande le divorce, notre père a le bon goût de préférer la dépression au meurtre. Il emménage dans un studio. Faute de pouvoir nous y recevoir, il nous conduit un week-end sur deux chez notre grand-mère, dans une campagne bétonnée aux alentours de Lyon, à une bonne heure de départementales de chez nous. J'ai dix ans. Mon frère, treize. L'ennui est absolu. Paradoxalement, comme l'affaire de Pierre le fera vingt ans plus tard, cette épreuve soude les liens familiaux. Soucieuses de ne pas laisser notre père dans l'embarras de ses deux enfants, mes tantes multiplient les visites. Nous sommes rarement seuls. Les cousins de banlieue parisienne descendent lors des grands week-ends et Pierre, lui, plus proche, vient systématiquement. Sa moto le rend désormais autonome. Le coup de klaxon annonçant son arrivée est une fête dans ces journées à peine occupées par trois chaînes de télé et les balades dans ce village sans charme.

La chaleur de Pierre nous touche. Il arrive les bras chargés de cadeaux, pense au disque promis, nous raconte ses sorties lyonnaises. De la petite ville de province où nous vivons, elles paraissent dignes de Los Angeles. Je découvre avec lui les prémices de l'électro autant que Leonard Bernstein. Les films de Milos Forman dont il me parle ne sont pas projetés là où j'habite. Il a la patience de me raconter *Amadeus* plan par plan. Lorsque je vois le film pour la première fois, des années plus tard, je le connais déjà.

En me remémorant ces scènes, je réalise combien notre intérêt pour lui le valorise sans doute, à l'époque, autant que sa présence nous est précieuse. Il apporte la vie dans ces week-ends dépressifs, torpillés par l'échec conjugal de mes parents. Nous le regardons en messie joyeux.

Et puis, nous nous retrouvons chaque été. C'est devenu la coutume à la mort de notre grand-père : une maison est louée au bord de la mer, près de Vannes, pour réunir les cousins. Notre grand-mère nous y emmène en train couchette depuis Lyon et nous y passons le mois de juillet. Là-bas, Pierre apporte sa fantaisie à ces vacances placées sous le signe de l'ordre et de l'autorité.

Car, pour mon frère et moi, l'affaire est compliquée. Voilà une famille où les normes règnent sans être jamais remises en question. Ma grand-mère a été directrice d'école et entend gérer ses troupes à l'identique. On évite les conflits, on s'abstient de tout jugement et on n'évoque pas l'intime. Mon père répète : « On ne dit pas de mal de la famille » quand je ne vois pas meilleure cible de plaintes qu'une communauté imposée. Il n'étaie pas le propos : sans doute, à la manière de Pierre, se protège-t-il en s'interdisant le premier pas d'une remise en question trop complexe. Du côté maternel, nous puisons dans les racines italiennes l'habitude de fouiller les placards, et surtout ceux des autres. Les engueulades entre frères et sœurs sont quotidiennes et les crises familiales, chroniques. Le choc culturel est rude.

Ce pourrait être une famille de militaires, ils ne jurent que par l'Éducation nationale.

Cela ressemble à du jansénisme, ils ont la laïcité pour seule religion.

Et finalement peu importe, car, dans la famille de mon père, la seule règle qui vaille est de marcher droit et de baisser la tête quand Werner hurle en tyran d'opérette.

Au sein de cet univers aux angles parfaitement conçus, avoir des parents divorcés est un poids. Nous, qui promenions déjà nos têtes de métèques parmi leurs visages de Lyonnais pure souche, sommes désormais définitivement hors normes. Notre mère est, à mots couverts, considée comme désinvolte, et notre père, fragile. Nous prendre en charge, Clément et moi, semble désormais une mission familiale.

J'ai une dizaine d'années quand le mari de ma tante Pascale me trouve, comme chaque semaine, l'oreille collée à un transistor, absorbée par un récit horrifique de Pierre Bellemare. J'adore les histoires. Il me regarde, consterné, avant de lâcher : « Tu es bien partie pour rater ta vie. »

Et je me réjouis de l'avoir, en effet, échouée selon ses valeurs à lui.

Dans cette maison de vacances, face à la plage, Pierre déjoue notre amertume par sa bonne humeur constante. Nous, qui nous retrouvons si seuls en ce terrain familial et pourtant étranger, pouvons compter sur sa bienveillance.

Ce garçon-là est d'autant plus aimable que sa sexualité inhibée lui donne l'innocence d'un enfant. Pour ma cousine Marie et pour moi, jeunes filles en devenir, il en reste hautement fréquentable. La crise d'adolescence semble l'avoir oublié. Alors que mon frère mate les filles sur la plage, se lie avec le vendeur de chouchous et disparaît certains soirs pour rentrer puant la clope et le Get 27, Pierre, son aîné de deux ans, reste fidèle à son Nesquik du matin et semble insensible à ce qui fait l'imaginaire classique d'un garçon de son âge. Lui n'a pas basculé dans ce monde testostéroné où l'on glousse quand les coco-girls apparaissent à l'écran.

Sans jamais se départir de son sourire, il m'apprend à jouer au tarot, accepte mes parties de Scrabble à vocabulaire réduit, ignore ma poitrine naissante et ne se moque pas de mon tee-shirt Bugs Bunny.

C'est un garçon sécurisant.

Ludovic, lui, n'est jamais là. Aîné des cousins, il a arrêté ses études pour devenir bassiste dans un groupe de rock. Il revient fréquemment demander de quoi financer ses sessions de studio ou son matériel, et presse ma grand-mère de contribuer à l'achat d'une nouvelle basse dont il a véritablement *besoin*. Elle cède avec une facilité surprenante chez cette femme. J'ignore si elle s'imagine une part dans la colère de son petit-fils ou si ces chèques sont un moyen, finalement bon marché, de couper court à l'emprise.

Ludovic vit hors du monde, assumant sa singularité, mais il a du talent. L'argent, celui des autres, donc, pour l'essentiel, n'est rien à côté de la poursuite de son art. Il est un chercheur perpétuellement à deux doigts de sa découverte.

À la marginalité de Ludovic s'oppose la normativité de son frère.

Pierre grandit et échoue une première fois au bac. Il dira au procès avoir été assez mauvais, sans que cela ait posé problème dans sa famille. La session suivante est la bonne. Il entame des études courtes et sérieuses, mais médiocres au regard de son milieu d'origine. Ses deux parents sont chercheurs au CNRS. La gloire familiale tient au semestre où Werner a enseigné aux États-Unis dans une université dont personne, en revanche, ne se rappelle le nom.

En 1993, après deux ans d'IUT et dix mois de service chez les chasseurs alpins, Pierre se met à chercher du travail. Il envoie sa candidature dans un groupe automobile où il est immédiatement embauché comme dessinateur industriel. Dans la foulée de son premier salaire, il quitte la maison familiale pour un appartement au pied de son nouveau travail, en banlieue sud de Lyon. Pierre est heureux. Il m'appelle le jour de mes vingt ans, euphorique. Il a une vie normale. Un travail, un appartement, des copains. Et c'est pour lui une immense fierté.

J'apprendrai l'histoire de sa rencontre avec sa femme à leur mariage, par le discours d'un témoin – à l'époque, le mot sonne plus gaiement – et, plus tard encore, ses détails intimes au fil des trois procès successifs. Mais, pour l'heure, le choc est joyeux. En le voyant arriver accompagné à ce déjeuner de Noël 1995, je me débrouille pour trouver un téléphone et chuchoter à mon frère cet énorme scoop : Pierre a une petite amie.

Elle est super jolie.

Elle s'appelle Katia.

Sans la mort de Yannick, je n'écrirais pas ces lignes.

Yannick n'avait jamais rencontré Katia et je ne pense pas lui avoir parlé d'elle : ils n'auraient sans doute rien eu à se dire.

Pendant les années qui ont suivi le meurtre, j'ai tenté parfois d'y mettre des mots et d'agencer les faits. Mais la réalité me rattrapait, submergeant ma parole.

Et puis, le 13 novembre 2015, Yannick a été tué et ça lui ressemble si peu. C'est facile à dire, on attribue des vertus folles aux morts. Et pourtant, Yannick, comme Katia, avait ce goût du rire. Celui de Yannick était syncopé au point d'en écorcher l'oreille. Il fallait s'y faire : il revenait en permanence. Katia et lui partagent cette défaillance du destin : ils sont devenus des victimes alors que tout leur être appelait l'inverse. Ils incarnaient la vie, chacun à sa manière, et ce n'est pas donné à tout le monde.

Sans doute n'existe-t-il pas de profil propre à la rencontre avec le fait divers. Mais l'énergie de certains, leur curiosité, leur joie constante tendent à les faire croire immunisés contre le drame.

Yannick est mort au Bataclan. Au bar, et c'est sans doute la seule chose qui lui aille dans cette histoire.

Cet homme, tué à quelques semaines de ses quarante ans, rentrait au lycée quand je l'ai rencontré. La vie raconte des histoires et nous sommes libres de les écouter ou non. Une chose est sûre : nous ne nous sommes jamais quittés. Yannick n'était ni mon frère ni mon meilleur ami, et n'appartenait pas au quotidien, mais il a toujours été *là*. Dans d'autres circonstances, j'aurais dit « à la manière d'un cousin ». Nous sommes arrivés à Paris la même année, avons squatté les mêmes appartements puis habité en voisins… Les provinciaux se déplacent en meute. Plus tard, la vie est un cycle, après la naissance de nos enfants nous avons à nouveau échangé des clés et atterri sur des clic-clac à tour de rôle, sans même avoir à nous raconter les tumultes conjugaux rencontrés. Ils se dispensaient de mots. Nous parlions d'avant et d'après, jamais du présent cabossé et, pour un temps, ça nous convenait mieux. Ce garçon-là n'était pas du genre à s'épancher.

La dernière fois que j'ai vu Yannick, c'était dans un train. Bourgogne-Paris. Trois heures. Nous avions déposé nos enfants respectifs à nos mères pour les vacances. Son fils avait couru après le train pour nous dire au revoir.

Il y avait tant à se raconter que Yannick n'a pas ouvert le roman d'Asimov préparé pour le voyage. Il est resté fermé sur la tablette blanche. À l'arrivée, gare de Lyon, ce qui restera notre dernier échange nous a ressemblés : je me suis excusée de l'avoir frustré dans sa lecture et Yannick a rigolé, de ce drôle de rire à vriller l'oreille. « Finir un roman, m'a-t-il dit, c'est comme quitter un vieux copain. » Il a regardé le livre avec une vraie tendresse pour conclure : « Tu vois, on lui a donné un supplément de vie. »

Le deuil intime de Yannick, quelques mois plus tard, il l'a partagé au collectif. Sa mort n'est pas dissociable du choc des attentats. Elle le rend plus invraisemblable encore. Elle a si peu à voir avec lui.

Pour ses proches, les vrais, ceux dont le quotidien a basculé, ce flot d'émotion publique a sans doute été un encombrement. L'émotion collective brouillait les pistes de l'adieu. La mémoire de Yannick se retrouvait liée à celle de cent vingt-neuf autres dont il ne connaissait rien.

Pendant des mois, je l'ai vu partout. J'ignore, dans mon chagrin, où s'arrête mon histoire personnelle et où commence la nôtre, universelle, mais, comme beaucoup, j'ai perdu la foi.

Les grands ébranlements crèvent l'harmonie des choses et affaiblissent les êtres.

À nouveau, l'irrationnel a primé. Il m'a fallu retrouver du sens.

Sans Yannick, je n'écrirais pas ces lignes.

Par elles, je traque l'oxygène.

Les procès écrasent l'intime. On braque des projecteurs sous les lits. On fouille les armoires. Ici, pas de place pour la pudeur.

Pierre a été jugé trois fois en l'espace de quatre ans : l'appel et le pourvoi en cassation ont suivi le premier procès de 2008.

Son arrivée entre deux policiers a ouvert chacun d'eux, dans une salle toujours comble. En déclinant son identité, Pierre, abruti par les médicaments au point de vaciller, n'a jamais su donner son âge, mais il a, par trois fois, récité l'adresse d'une maison devenue scène de crime et nommé une profession, qu'il n'exercera plus.

Il y a de l'ironie dans cette présentation.

Derrière la baie vitrée, Pierre n'a jamais inspiré l'empathie. Dans les articles de la presse régionale parus lors du premier procès, un chroniqueur décrit un homme « au visage gris », geignard, incapable de lever les yeux sur la famille de sa victime. Un autre évoque sa pensée confuse et ses lapsus.

J'ai connu l'homme. Eux rencontrent un meurtrier.

La justice, elle, tranche par les faits.

Ils commencent par ses premiers pas d'adulte.

À vingt-deux ans, Pierre est autonome. Son parcours d'homme a quitté le récit familial. Il a désormais un travail, un appartement et des copains. C'est une période heureuse, dans les clous d'une normalité jusque-là inédite. Il ne manque qu'une femme pour achever l'équilibre. Pierre entreprend d'en trouver une en s'inscrivant dans une agence matrimoniale.

La démarche a de quoi surprendre. Si Meetic et Tinder sont, depuis, passés par là, en 1995, l'entremise amoureuse concerne davantage les secondes parties de vie que les premières. Les agences matrimoniales, c'est une affaire de vieux, de veufs ou, au mieux, de paysans trop éloignés des espaces de rencontre. D'autant qu'elles coûtent cher. De la part de Pierre, cela montre à la fois une détermination à s'accomplir dans les normes et une méconnaissance des codes qui lui permettraient d'y accéder seul.

Finalement, c'est au travail, comme l'essentiel des couples, que Pierre rencontre Katia, la seule femme qu'il connaîtra sexuellement et pour le meurtre de laquelle il se présentera dix ans plus tard derrière une vitre pare-balles. Il se prêtera d'étrange bonne grâce au déballage de son dépucelage tardif. Son besoin viscéral d'établir les faits pour retrouver le chemin de son geste lui faisant souvent confondre l'écoute des jurés avec celle d'un thérapeute.

Katia travaille à la reprographie et très vite, après leur rencontre, s'invente des prétextes pour venir le voir dans son service, à l'aise avec la séduction et son envie de lui plaire. Ils partagent le goût des sports au grand air et se retrouvent dans les sorties ski ou VTT du comité d'entreprise.

Un soir, ils sortent en boîte avec d'autres collègues. Katia danse un slow avec Pierre. Elle a un peu bu, regarde les autres couples et plaisante : « Et moi, tu ne m'embrasses pas ? »

C'est leur premier baiser. La phase de séduction se poursuit dans l'appartement de Pierre. Mais, malgré son désir, il ignore comment réagir. La légère ivresse de Katia l'inhibe : il a peur d'abuser d'elle et la regarde s'endormir sans oser la toucher. Pierre attend le lendemain matin pour connaître son premier rapport sexuel, rassuré, enfin, sur le consentement plein et entier de sa partenaire.

Cela ressemble à un petit miracle. Katia est une belle femme, brune et vive. Son corps tout en courbes semble agité d'un mouvement permanent, paré pour tous les projets. Aimer, porter des enfants, voyager. Son débit mitraillette est ralenti par son accent lyonnais, toujours ponctué d'un rire qui secoue ses longs cheveux bouclés. Katia est issue d'une famille très unie. Elle est l'aînée de deux autres sœurs dont elle est proche. À peine plus jeune que Pierre, elle vient de se séparer d'un précédent compagnon. Son intérêt pour lui, ni beau ni laid, réservé, tient sur le moment, aux yeux de tous, de l'extraordinaire coup de chance. Pierre est petit et râblé. Sa coupe de cheveux, comme ses vêtements, est fonctionnelle. Ma grand-mère, convaincue de faire un compliment, a souvent répété combien il avait été un vilain bébé avant de devenir un jeune homme *présentable*. Pour la séduction, il faut sans doute chercher ailleurs. Il chipote, pourtant. C'est trop tôt. À l'écouter lors de ses procès successifs : « Elle voulait s'installer tout de suite », « je n'ai pas su dire non », on comprendra surtout que Pierre n'aurait pas souhaité perdre si vite cette liberté à peine découverte.

Peu de temps avant cette rencontre, nous avions passé la soirée ensemble au mariage de mon cousin Bruno. Des photos joyeuses en témoignent. Sur l'une d'elles, Pierre, hilare, alors que le jour se lève, termine une flasque de whisky qui a tourné entre Clément, ma cousine Marie, lui et moi jusqu'à ce que nous nous endormions ensemble dans le salon de réception de l'hôtel, faute d'avoir trouvé notre chambre.

Voilà qu'il découvre l'autonomie et la sensualité, devient un homme, quand, boum, on l'accable d'un nouveau titre. De *fils de*, il doit passer à *mari de*. Car, oui, très vite Katia réclame des noces. Et « quand elle voulait quelque chose… ».

Dans cette relation, Katia semble donner le *la*.

Pierre abdique sa liberté de célibataire et Katia emménage chez lui. Il semble finalement y trouver la sérénité. Le matin, ils partent travailler ensemble. Ils partagent un groupe d'amis qu'ils voient fréquemment. Et pendant le week-end et les vacances, ils font du vélo et voyagent avec le comité d'entreprise.

L'émerveillement de Pierre à la découverte touristique de l'île Maurice et de la Thaïlande tient de celui d'un explorateur. Dans ses récits, il oublie les bus, les guides et le groupe pour parler en aventurier : l'Ailleurs le fascine. À la manière dont, adolescent, il préparait des sacs entiers de cadeaux de Noël avec un objet choisi avec soin pour chacun, il nous rapporte des coquillages et des épices, soucieux de nous faire participer au voyage. Il semble plein de gratitude envers Katia de l'accompagner dans ces expériences inédites.

À l'époque, regarder Pierre donne foi en la vie. Le garçon solitaire, mistigri familial, est devenu un homme amoureux, vivifié par la chaleur d'une femme.

J'habite à Séville quand je reçois, un matin, le carton d'invitation à leur mariage.

Le chagrin n'a rien d'une astuce beauté.

Droite comme un i dans le fauteuil en moleskine de mon coiffeur, la tête couverte par un mélange magique, je dois attendre pour la première fois, en cette fin d'été 2004, que les pigments chimiques prennent la relève de la nature. En un mois, mes cheveux sont devenus blancs et autour de mes yeux sont apparues ce qu'on appelle poétiquement des rides d'expression, alors qu'elles sont creusées par les larmes. Mon coiffeur, garçon sensible, reste pantois devant ce brutal naufrage esthétique.

Pour faire simple, j'ai pris dix ans.

Dans mon couple, l'affaire a l'effet d'un tsunami. Elle insinue de force la violence et la famille dans notre vie. Mon mari est pris de dégoût pour ce cousin meurtrier entrevu deux fois. Non seulement Pierre a tué sa femme, mais il transforme la sienne en zombie.

À l'extérieur, ma vie n'est pas plus simple. Je produis alors des films pour la télévision. Un matin, un jeune collègue arrive tôt et me trouve en larmes dans mon bureau. Il a la bienveillance, le courage aussi, de ne pas détourner le regard. M'apportant un verre d'eau, il s'enquiert de cette tristesse débordante. Il pourrait accueillir une maladie ou une séparation, j'en suis certaine, mais apprendre l'incarcération de mon cousin pour le meurtre de sa femme, mère de ses deux filles, le laisse sans voix. Littéralement. Il m'abandonne à mes sanglots, conscient de sa propre impuissance à soulager ma peine et soucieux de ne pas m'encombrer en plus de son malaise.

Entre le monde et moi, le chagrin prend en ciment.

Voilà de quoi pulvériser tout un système de valeurs patiemment élaboré : cette famille, qui m'importe si peu, se rattache brutalement à moi par la force du sang. Je me mets à évoquer « les miens », unie brusquement à eux dans le partage d'une douleur incompréhensible aux autres.

Clément, mes cousins Bruno, Marie et Lise, plus jeunes que nous de quelques années, ainsi que mes tantes Dominique et Pascale, nous communiquons désormais chaque jour dans un réseau d'échange créé en urgence. L'affaire a tout interrompu pour réduire notre monde à des faits distillés au compte-gouttes et reprécisés au fil des heures et des jours, comme sur une chaîne d'information en flux continu.

Dominique, la mère de Pierre a créé une *mailing list*. Nous y sommes réunis, nous, les cousins aux mémoires d'étés bretons, de parties de pêche et de voile ou d'ennui adolescent dans cette campagne lyonnaise. Le temps nous a éloignés autant que l'absence d'affinités réelles. Nos rares retrouvailles n'ont désormais lieu que dans des maisons sanctuarisées par les souvenirs, celles des parents, toujours. La famille fait de nous d'éternels enfants. Il faut ça, un meurtre, pour que, brutalement, nous nous retrouvions collés en rang d'oignons, réduits en adresses mail, nous découvrant une vie civile hors les murs. « Tu savais, toi, que Bruno bossait à la Société Générale ? »

Ensemble, nous nous organisons pour faire circuler les infos et nous initier au champ lexical judiciaire. Après les cours d'espéranto donnés par ma grand-mère, nous apprenons une nouvelle langue inattendue : permis de visite, JAP, parloir simple ou double, CP, CD…

Sur le cadran de mon portable apparaissent des numéros inconnus, et j'entends des voix oubliées. On remonte le temps. Et pour cause : il nous faut redéfinir les contours de notre réalité commune.

Le fait divers provoque la bascule de l'intime vers le public. Soudain, nous nous déversons face au monde.

Dans ce naufrage, le cap de chacun est différent. Mais une chose est sûre, et sans doute impossible à comprendre pour qui n'a vécu pareille affaire : nous entrons tous en prison avec Pierre. Oui, chacun d'entre nous, à sa mesure, porte le poids de sa culpabilité.

Parce que nous avons été témoins de son manque d'amour, de son incapacité à se plaindre et de son lent glissement dans la dépression sans jamais nous manifester, nous nous accaparons une part de responsabilité dans son geste. Nous en libérer sera un combat de plusieurs années, lourd et coûteux ; inégal dans sa violence, intime à chacun.

Mais, pour l'heure, Pierre a une nouvelle adresse. Nous n'avons pas connu l'ancienne, ne lui avons jamais envoyé même une carte postale et, désormais, nous le submergeons de mots.

Je lui écris le jeudi soir, cinq jours après le meurtre.

Il fait une chaleur étouffante, ce soir-là, quand je m'installe à mon bureau devenu depuis celui de ma fille, et j'ai l'impression de m'adresser à un mort.

L'homme à qui j'écris a commis l'impensable.

Que dit-on à quelqu'un qui vient de tuer de ses mains ?

Car, oui, on continue à le considérer en homme, malgré tout, quand le reste du monde vous incite, naturellement, à l'effacer du vôtre.

L'affaire est plus complexe pour qui la vit. Elle prend du temps. Aucun lien ne se coupe en une phrase. Aucun patrimoine commun ni aucune mémoire partagée ne se dissolvent à l'aune de quelques mots, fussent-ils « Pierre a tué sa femme ». Comme un décapité qui, dit-on, court encore quelques mètres sans sa tête, on continue à aimer avec la même chaleur. Sans doute même plus fort, par réflexe de l'âme puisque l'autre révèle son infinie détresse.

Ce soir-là, face à un Paris caniculaire s'offrant à moi par la fenêtre grande ouverte, je lui parle de la bière que j'aimerais tant partager avec lui. On se raconterait le meilleur, en oubliant le jardin pentu, cette matraque et ces fameux coussins dont nous saurons rapidement, mais sans bien comprendre comment, qu'ils sont le moteur du drame. On repartirait en Bretagne, tous les deux, là où la famille se retrouvait chaque été. On prendrait un petit voilier pour partir naviguer et, pas plus qu'à l'époque, je ne saurais tenir ce maudit foc. Ce serait joyeux.

Je l'embrasse de toutes les forces que me permet l'encre et, pour la première fois, j'écris son adresse en mode carcéral. Maison d'arrêt et numéro d'écrou. Celui-ci évoluera à chaque nouveau centre de détention, une demi-douzaine au final pendant les années qui l'attendent alors et dont, pour l'heure, nous ignorons tout. J'y joins un carnet de timbres, comme ma tante m'y a invitée, et je ferme l'enveloppe.

Une décennie de correspondance s'ouvre entre nous.

La première incarcération de Pierre a lieu à la prison Saint-Paul. Elle est au cœur de Lyon, au milieu d'un quartier que, plus jeune, j'ai beaucoup parcouru avec lui. De là, on entend passer les trains de la gare Perrache située tout à côté. C'est l'une des plus vieilles prisons françaises. Son état de délabrement absolu vaut, à l'époque, plusieurs condamnations à l'État.

Pierre y entre quelques heures après avoir reconnu le meurtre de sa femme.

Ces lieux sont interdits d'images. Je les découvre par des articles de presse et à travers les témoignages des détenus.

On m'y raconte leur construction, au XIXe siècle, sous l'inspiration des Lumières et de la foi en une vertu réparatrice de la peine carcérale. Comme pour sa voisine, la prison Saint-Joseph, l'air et la lumière y entrent partout, dans un plan en étoile autour d'une rotonde de surveillance : ici, le détenu vit sous le regard permanent du gardien. La philosophie initiale est hygiéniste : on y troque les mauvaises influences contre les bonnes dans un souci de transparence et d'éducation.

Deux siècles plus tard, la vertu vrille sous le poids des détenus. Leur nombre a explosé au rythme de celui des cafards et des rats. L'invasion gagne ces bâtiments immenses, impossibles à mettre aux normes.

Pierre me confirme ce que je lis : des conditions d'hygiène désastreuses, une surpopulation ingérable, une absence absolue d'intimité… Les corps sont mis à mal par des hivers frigorifiques et des étés intenables. Le chauffage fonctionne mal et les douches sont spectaculairement sous-équipées.

Cette calamité vaut pour les détenus comme pour l'encadrement. À l'intérieur du mirador, aucune cloison ne protège les toilettes de l'extérieur et, dans Lyon, on rit de ces gardiens visibles depuis la rue, se contorsionnant pour cacher leur nudité quand ils s'y rendent.

L'insalubrité est le terreau de la violence. À Saint-Paul, elle est quotidienne. Les cellules individuelles sont partagées par trois ou quatre détenus. La prison connaît le plus haut taux de suicide en France.

Pierre n'a jamais connu la promiscuité, et rien dans son parcours social ne le prédestinait à atterrir ici : on pourrait s'attendre au pire. Mais, étrangement, dans l'état de choc où il se trouve, le désastre des lieux le porte davantage qu'il ne l'écrase. À l'exception d'un codétenu dont il évoquera longtemps la perversité, Pierre semble si détonnant dans ce milieu essentiellement lié à la criminalité de banlieue lyonnaise qu'il n'en ressent aucune peur. Son inaptitude au conflit, désormais tragiquement avérée, semble paradoxalement le protéger. Il se ferme aux autres comme il poussait la porte de sa chambre sur les disputes familiales.

Ses codétenus lui trouvent un surnom : Blanche-Neige.

Dans cet endroit infernal rebaptisé « la marmite du diable », Pierre s'organise. Il gère la précarité matérielle en exploitant son passé d'Éclaireur de France de manière inattendue. Lui qui a appris à camper au milieu de nulle part, en mode survivaliste avant l'heure, réutilise ce savoir-faire pour réparer un réchaud, se fabriquer des couverts, rendre le quotidien vivable.

Il découvre les codes du monde carcéral et utilise son temps libre à organiser sa défense à venir. L'instruction ne pose pas de question majeure. Pierre a avoué le meurtre et, six mois plus tard, la reconstitution du crime laisse peu de zones d'ombre dans le déroulé des faits. Pourtant, l'engorgement de la justice ralentit son fonctionnement : le procès a lieu trois ans après la mort de Katia.

À cette date-là, Pierre a quitté Saint-Paul. La construction de la maison d'arrêt Lyon-Corbas, en périphérie sud-est, imposée par l'impossible rénovation des lieux, s'est enfin achevée. Le transfert des détenus peut commencer avant la destruction de l'essentiel des murs.

Pierre, lui, est envoyé à Villefranche, maison d'arrêt plus moderne et infiniment plus saine.

Sur les vingt hectares des vestiges de la prison Saint-Paul existent désormais une zone commerçante, une université et des logements sociaux.

L'enfermement, lui, s'est déplacé à l'extérieur de la ville.

J'ignore où est passé ce couteau. Il est énorme. C'est un couteau de boucher, long comme l'avant-bras. Je le tiens de ma grand-mère. Elle l'utilisait pour cuisiner le butin de la chasse. Son mari y occupait ses dimanches. À l'époque, on pouvait traquer la bête un fusil à la main sans en faire une conviction politique.

Ma grand-mère m'a appris à reconnaître les volailles et à les découper. Elle le faisait d'un geste vif et précis. Dans son monde, il n'y avait pas de place pour l'hésitation. À sa mort, j'ai choisi ce couteau d'apprentissage en héritage.

Lui et moi avons eu une cohabitation pacifique des années durant. Sa taille donnait du standing à ma cuisine sous-équipée et de l'ambition à mes gestes. Je découpais pour les autres, toujours. La cuisine n'a de sens que si elle est partagée.

Et puis Pierre a tué Katia et ce couteau est devenu encombrant. Il lui était si facile de traverser la chair. Un coup de folie et l'affaire serait bien trop simple pour ne pas être dangereuse. Je l'ai déplacé. D'abord dans un tiroir, ensuite en hauteur. Mais où qu'il aille, le risque grandissait. On se blesse à trouver une lame là où on ne la cherche pas.

Le plus grand péril est-il réel ou fantasmé ?

Lors de mon dernier emménagement, le couteau a disparu. Je peine à croire qu'il ait été volé. Sans doute est-il caché au fond d'un placard, là où dans un geste mécanique je l'aurais mis en sécurité dès mon installation.

Quelques semaines auparavant, devant une piscine dans le Sud, chez des copains, je racontais le sujet de mon livre à un de leurs proches : le meurtre commis par mon cousin. À ces mots, l'homme a ostensiblement reculé de trois pas. « Je préfère prendre mes distances, alors », m'a-t-il dit, content de sa blague.

J'écris sur ça.

Le faire-part de mariage de Katia et Pierre est resté consigné vingt ans dans mon carton de courrier. À l'époque où je l'ai reçu, le mail existait tout juste et le téléphone entre la France et l'Espagne, où je vivais alors, était hors de prix : la période a été dense en correspondance. Calé entre une carte postale de mes grands-parents maternels – morts peu de temps après – et une longue lettre de mon amoureux de l'époque – aux sentiments déjà éteints à mon retour à Paris –, le bristol dépasse. Il tient dans une grande enveloppe couleur ivoire.

L'affranchissement date l'envoi de mai 1997. Mon adresse espagnole est écrite d'un trait clair où je ne retrouve ni celui de ma tante ni celui de mon cousin. Je comprends que Katia en est sans doute l'auteure et l'enveloppe prend des allures de relique.

C'est un bristol à reliefs, en calligraphie anglaise, composé dans les formes traditionnelles. Les couples, au prénom et nom de l'homme, se répartissent l'espace comme plus tard au tribunal : à droite, les parents et grands-parents de Katia, à gauche, ceux de Pierre, déjà orphelins. Un carton supplémentaire a été glissé dans l'enveloppe, à la façon d'un pass VIP, c'est l'invitation au dîner.

À l'époque, je m'étais contentée de m'y laisser conduire et je découvre aujourd'hui, en entrant dans Google Maps, les localités, la route prise en quittant Paris à l'aube. Mon père était parti de Normandie la veille pour nous y amener. Ce mariage dans les monts lyonnais a été fêté entre les deux centres pénitentiaires où Pierre a, depuis, purgé l'essentiel de sa peine.

L'union civile du couple avait eu lieu quelques semaines plus tôt, entre intimes, à la mairie de son domicile, mais la vraie fête, c'était celle-ci. Le choix des lieux témoignait d'une histoire familiale : la cérémonie a été célébrée dans l'église du village où Katia avait grandi et où ses parents vivent toujours. Elle s'est poursuivie entre les murs d'un bâtiment, pris à l'époque pour un foyer de colonies de vacances et qui était, en réalité, une maison de formation pour enseignants.

Dans le village, la vie a, depuis, suivi son cours. Je visite les sites dédiés. De petits immeubles ont été construits et l'église a été rénovée.

Je replace l'enveloppe dans le carton de correspondance où les courriers se sont naturellement ordonnés. Il s'est ouvert à mon arrivée à Paris. J'avais dix-huit ans et je quittais la ville de Bourgogne où j'étais née et avais grandi. Le décor de l'époque me semble dater de la préhistoire. Paris, au début des années 1990, c'était une fortune en train – malgré la Carte Jeune et les billets Bige – et autant en téléphone, à carte. Seul le courrier aux deux levées quotidiennes maintenait le lien entre mon ancien monde et celui où je devais désormais me construire, éprouvant physiquement le passage à la vie adulte. J'étais descendue du train la veille de la rentrée avec un sac à dos : tout était à réinventer. Le soir, les sanglots résonnaient dans les couloirs du foyer de bonnes élèves de province où j'avais trouvé une chambre. J'y croisais des Mauriciennes, des Kanakes et des Lilloises, toutes venues commencer une nouvelle vie en classe prépa parisienne. Parfois, l'expérience tournait court et les chambres se libéraient au fil des abandons. Je retrouvais Marion, étudiante en khâgne, connaissance du lycée. Elle n'a plus jamais quitté ma vie. Et, peu à peu, l'épreuve est devenue euphorie de la découverte.

Paris est une ville à arpenter : j'ai dû m'acheter des bottes solides. J'ai gardé le carton et j'y ai jeté les premières lettres. Ma grand-mère me tricotait des gants pour les envoyer de sa campagne lyonnaise, ma mère me racontait son quotidien dans la maison familiale où elle vivait seule désormais, Clément, parti étudier à Barcelone, m'enregistrait des cassettes où il déployait ses aventures en soixante minutes. Le carton se remplissait peu à peu, créant un lien entre l'avant et l'après, composant ma vie d'adulte en strates. Plus tard, il m'a suivie à Strasbourg, puis en Espagne avant de revenir à son point de départ, Paris, ma seule histoire d'amour pérenne.

Le courrier s'est raréfié. Il n'y avait plus d'avant et d'après : ma vie se jouait désormais au présent. Ma grand-mère est morte, ma mère a emménagé en banlieue parisienne et Clément, à deux stations de chez moi.

Les faire-part forment l'essentiel de la suite, pour des fortunes propres à chaque mariage. Je retrouve les courriers de félicitations reçus lors du mien. Les mots sont doux et la chaleur, préservée du temps.

Mon nom et mon adresse évoluent au fil des déménagements.

Et puis le mail et les textos achèvent d'atomiser le papier. Il ne reste aucune trace des grands événements de ma vie. La correspondance cesse de rendre compte de mon intimité.

Seul le poids du meurtre commis par Pierre distord désormais le carton.

Le jour du mariage de Pierre, nous avons cru à l'harmonie du monde.

La vie était finalement ainsi faite qu'elle rendait au juste moment ce qu'elle avait pris. On pouvait avoir poussé en bonsaï et développer ses branches malgré tout. On pouvait avoir été réduit à si peu et exister pleinement.

La joie est restée dans son sourire même quand Ludovic, son frère, lui a annoncé devoir partir après le vin d'honneur. Il avait pris « un autre engagement », le mariage d'un copain : il ne voulait pas arriver en retard. Oui, dans la vie de Pierre et parmi les siens, une telle hiérarchie était possible. On pouvait préférer le mariage d'un ami à celui de son seul frère. Mais, désormais, tout cela n'avait plus d'importance : l'avenir s'annonçait radieux.

La messe a été émouvante. La communauté était essentielle à cette union : celle du village, très investi par les parents de Katia, celle de l'entreprise où les mariés s'étaient rencontrés et celle de la famille. Pour Katia, l'individu existait d'abord dans le groupe.

Mon père a ôté son nœud papillon. Clément a oublié ses tourments sentimentaux du moment à coups de montagnieu. Et j'ai dû me demander ce que j'allais faire de mon fiancé du moment avant de me resservir à mon tour. Les familles se sont mêlées et on a échangé mille prénoms sans en retenir aucun. On a bu, rebu avant de se retrouver sur la piste, au son des standards de Claude François, pour une vraie fête dont la mémoire se fragmente en instantanés.

Il faisait déjà jour quand on s'est endormis ivres morts, au hasard des lits superposés. Le bâtiment était immense et, comme dans un rituel établi, personne n'avait pu retrouver sa chambre.

Au réveil, le monde était cotonneux. La femme la plus célèbre au monde venait de mourir et la planète en semblait hébétée.

Lady Di et son amant Dodi Al-Fayed avaient eu un accident à l'aube. Mon oncle Werner, le père de Pierre, m'a accueillie à la table du petit déjeuner avec la nouvelle tandis que je tentais de me réveiller à seaux de café. Pour la première fois de ma vie, je l'entendais parler allemand, répétant ce mot, *kaputt*, dont je peinais à saisir la portée. *kaputt ?* Ils étaient morts ?

Oui, a-t-il répondu en hochant la tête.

Kaputt.

Et, d'un geste définitif de la main, il a balayé l'air.

Cette histoire-là pourrait avoir été écrite sur mesure. Elle est belle, riche et célèbre dans le monde entier. C'est une princesse au grand cœur. Elle a promené son physique anglais parfait des bidonvilles aux plus grands palaces, côtoyé les lépreux comme les idoles. On aurait pu jalouser pareille fortune, sa naissance au bon endroit associée à la force d'un destin hors du commun, mais cette femme a un atout majeur aux yeux du public : c'est une victime.

Comme ceux à qui le doigt du hasard n'a pas donné cet éclat si rare, elle a été trompée. Et la force de son humiliation a pris l'intensité de sa notoriété. L'infirmière ou l'employée de banque subit la honte à l'échelle de son réseau social. Il faut affronter chacun de ses amis Facebook, ses collègues de bureau, les voisins du village ou de la petite ville. Mais son mariage à elle, en 1981, a été suivi par un milliard de spectateurs.

Deux enfants et mille photos volées plus tard, personne n'a échappé à la liaison de son mari, futur roi présumé, avec son amour de jeunesse. Car l'affaire est là et elle y gagne en qualité : l'homme ne part ni avec plus jeune ni avec plus riche. Il part avec une presque inconnue, divorcée, qui a déjà perdu sa fraîcheur de jeune femme. Mais elle le fait bander au point qu'il aimerait « devenir sa petite culotte ». On peut être belle, riche, soumise à un destin exceptionnel et ne pas être choisie.

Comment ne pas aimer Diana ?

D'autant qu'en quelques mois, tout s'est renversé. La princesse a demandé le divorce. C'est une transgression majeure dans l'ordre de la royauté. Les raisons de son cœur guident la politique d'un État. Il faut l'intervention d'un Premier ministre pour que la Couronne retrouve sa sérénité.

Pourtant, le tumulte se poursuit. La princesse tombe amoureuse, et pas de n'importe qui. L'élu, cette fois, n'a pas de titre, mais c'est un noble contemporain. Son rang s'est construit sur les zéros d'un compte en banque. Et, choc encore, il n'est pas anglais. Son père a beau posséder le magasin le plus emblématique de l'île, ses traits et son nom portent une culture étrangère. Pour faire court, celle d'un exotisme forcément érotisé. Voilà la revanche d'une femme. Cette élégante blonde, mariée à dix-neuf ans, dont le test de virginité censé assurer la pérennité de la lignée a été rendu public, se découvre, encore jeune et déjà mère, dans une nouvelle plénitude. Cet été 1997, un magazine people montre une photo d'elle, alanguie sur le ponton d'un yacht. On y voit son corps comme jamais son rang monarchique ne l'aurait toléré. Un titre évoque l'explosion d'une sensualité « qu'elle-même ne soupçonnait pas ». Ce sont les premiers épisodes d'un feuilleton à la perfection du sensationnalisme.

Plus tard, ces photos seront qualifiées de mise en scène, une stratégie de la princesse, devenue experte en la matière pour rendre jaloux son véritable amour, plus profond et plus discret, un chirurgien pakistanais. Ce roman-là ne cesse de révéler des tiroirs secrets.

Mobilisée par le jeu, la princesse rentre de ses vacances en Sardaigne avec son flamboyant amant le 30 août 1997 et arrive à l'aéroport du Bourget à quinze heures. La messe de mariage de Katia et Pierre vient de commencer. Le couple arrive au Ritz, propriété du père de l'amant, quand nous ouvrons le vin d'honneur. La présence des paparazzi agglutinés en bas de l'appartement de Dodi Al-Fayed les contraint, la princesse et lui, à rester dîner au restaurant de l'hôtel.

Il est plus de minuit quand les amants les plus célèbres du monde quittent le Ritz. Ils utilisent une voiture pour échapper aux photographes. Le trajet retour vers l'appartement de l'amant, à côté des Champs-Élysées, doit durer cinq minutes, mais celui-ci s'énerve : il refuse que les paparazzi obtiennent la moindre photo et impose à son chauffeur de passer par des rues peu éclairées. La voiture quitte la place Vendôme pour celle de la Concorde et arrive sous le tunnel de l'Alma à une vitesse estimée entre cent vingt et cent cinquante kilomètres à l'heure. Pierre danse sur *Alexandrie Alexandra* et les bouteilles de montagnieu sont vides quand la Mercedes du couple percute une Fiat Uno blanche roulant à cinquante, sur la voie de droite. Elle accroche son pare-chocs et c'est le début de l'embardée. La Mercedes touche un premier pilier pour s'écraser de plein fouet contre un second. Deux des quatre passagers meurent sur le coup. Les équipes du Samu, immédiatement sur place, passent une heure à désincarcérer la princesse avant de la rapatrier à la Salpêtrière. Sa mort est annoncée officiellement un peu avant six heures du matin. C'est l'heure à laquelle je titube, à travers les couloirs du bâtiment, à la recherche du lit qui m'a été alloué. Je l'atteins et parviens à m'y allonger sans vomir. C'est une victoire.

Près de quinze ans après les faits, je ne retrouve pas le premier courrier de Pierre.

J'ai vidé le carton sur la table du salon. Ses courriers se distinguent des autres. Depuis le début de son incarcération, Pierre les personnalise en y collant des photos du magazine *Terre sauvage*. Il découpe des paysages et des animaux, fragments d'un monde parallèle à celui de sa cellule.

Les enveloppes arrivent, larges et épaisses, remplies d'origamis et de coloriages pour les enfants. Nos adresses y sont tracées en pleins et déliés dans une calligraphie parfaite.

Cette toute première lettre s'en éloignait par son format classique et son origine, la prison Saint-Paul de Lyon, celle où il est resté le moins longtemps. Je ne peux imaginer l'avoir jetée. Pourtant, j'ai beau fouiller parmi ces archives de disparus, d'histoires d'amour passées, d'amis oubliés, j'ai beau fourrer mes mains dans ce cambouis de vie, impossible d'en retrouver la trace.

J'abdique, car peu importe en réalité, je m'en souviens par cœur.

Elle était courte : un recto-verso d'une page de bloc-notes à petits carreaux, cantiné dans la précipitation de son arrivée.

Ses mots tenaient de la stupéfaction. Pierre m'écrivait du pays des morts, emmuré vivant. Fébrile, il me racontait ses cauchemars, ses réveils en sursaut, à croire sa femme à côté de lui, pour se rendormir sans plus savoir s'il craignait davantage ses rêves ou sa réalité.

Il acceptait la bière que je lui proposais, en buvait chaque gorgée.

Il nous serrait contre lui, comme il ne cesserait plus de le faire, et nous assurait d'un amour fou.

Nous étions désormais son radeau.

Mon premier parloir avec Pierre a eu lieu deux ans après le meurtre.

Dans ce mois de février gelé, Clément et moi sommes partis à l'aube en laissant nos conjoints déposer nos enfants à la crèche. Ce serait une journée sans les voir : ils dormiraient déjà à notre retour. Pour trente minutes avec Pierre, il fallait tout ça.

À la sortie de la gare de Villefranche, quatre heures et un changement plus tard, il pleuvait.

Mes souvenirs précis de ce premier parloir se trouvent là, dans l'avant et l'après. C'est cette dame, à l'allure réservée, baissant les yeux pour nous confirmer l'arrêt de bus, ce sandwich goût dépression avalé au centre commercial ou cette assemblée de femmes se remaquillant avec soin aux toilettes de l'accueil.

L'incarcération de Pierre nous a projetés dans un monde inconnu. Il a fallu nous familiariser avec les codes du genre pour comprendre ses courriers et son nouveau quotidien.

On distingue principalement deux centres d'emprisonnement : les maisons d'arrêt, réservées aux détenus en attente de procès et aux peines inférieures à deux ans, et les centres de détention, où atterrissent donc les condamnés à des peines supérieures.

Dans la maison d'arrêt de Villefranche, où Pierre atterrit après la fermeture de la prison Saint-Paul, il se plaint du vandalisme. Les aérations de sa cellule, bouchées l'hiver par un détenu précédent pour se protéger du froid, sont impossibles à rouvrir et rendent l'atmosphère irrespirable l'été. Les équipements sportifs, seul moyen pour lui de maintenir son corps en état, sont constamment détériorés. Il développe, pour compenser, un système de musculation statique qu'il peut effectuer en cellule pour soulager son dos. On dit des maisons d'arrêt qu'elles sont plus fatigantes. Le roulement des détenus rend l'atmosphère moins sereine. Les liens n'ont pas le temps de se nouer et le respect du bien commun est moindre.

Seulement le parcours juridictionnel de Pierre est long.

Il attend trois ans son procès duquel il fera appel pour être rejugé un an plus tard. Face à la lourdeur de la condamnation, ses parents et lui décideront de s'appuyer sur un dysfonctionnement juridique pour faire passer l'affaire en cassation, cinq ans après son geste. Il lui faudra tout ce temps en maison d'arrêt pour, transitant par Fresnes, entrer enfin en centre de détention et avoir l'impression de commencer à purger sa peine – pourtant, dans les faits, largement entamée.

Qui se brûle les doigts à la justice change de vocabulaire. Un candidat au permis de conduire évoque « la chaussée », « la voie » et « un véhicule ». Un individu confronté au fait divers oublie « prisonnier », « meurtre » et « arrestation » pour leur préférer « détenu », « homicide » et « mise en examen ». Les mots mettent à distance et rendent à la faute sa dimension sociale. Notre deuil en perd son intimité si lourde.

Ce chemin est trop complexe pour être parcouru seul.

Dès l'incarcération de Pierre, ses parents joignent une association de familles de détenus qui les accompagne dans leurs premières démarches. En France, on en trouve dans chaque lieu de détention. Elles pallient le manque d'informations institutionnelles et répondent aux questions pratiques posées par ce monde ultra-réglementé. Les motifs d'incarcération, eux, ne sont jamais évoqués. Il faut avoir singulièrement merdé pour se retrouver là : autant ne pas s'appesantir sur la question.

Qu'on soit lettré ou non, soumis à l'ISF ou non imposable, affronter l'univers carcéral revient à perdre tout repère. La situation s'avère peut-être plus perturbante pour qui s'en était cru socialement protégé. Elle précipite dans un creuset où, à la manière d'une conscription militaire, chacun se retrouve égal face à une culture inconnue.

La prison est un monde d'initiés.

Alors que ma tante entreprend quelques travaux chez elle pour adapter la maison à son corps vieillissant, un ouvrier reste après le départ des autres. Il évoque son fils à voix basse, craignant d'être entendu. Il l'a croisé récemment. Ludovic vient de passer, sans doute parle-t-il de lui. Mais le jeune homme détrompe Dominique. Non, l'autre. Il a vu sa photo au mur. Il le reconnaît : il a travaillé avec lui à la bibliothèque la saison dernière. Pierre a été gentil avec lui. Entre eux, pas un mot de plus. Ma tante et lui savent où se trouve cette bibliothèque. Et Dominique lui est infiniment reconnaissante de cette généreuse confidence.

Notre première visite à Pierre a demandé une organisation digne d'un départ pour Oulan-Bator. Outre la réservation du parloir, lourde, longue, pénible, sur un numéro surtaxé, il a fallu appeler la mairie pour vérifier l'arrêt de bus, obtenir les horaires de passage auprès de la compagnie et imprimer le trajet à pied jusqu'à la prison avant de caler les horaires de train sur l'ensemble, tout en s'assurant une marge suffisante à amortir tout retard.

Jamais le monde des innocents ne vous rendra de lui-même l'affaire plus aisée.

Aucun panneau n'indique les centres pénitentiaires à la sortie des gares, et les arrêts de bus ou de tram n'en portent pas le nom. Mieux vaut laisser les familles se débrouiller que stigmatiser une ville ou un quartier. L'horizon à miradors gâche déjà assez le paysage comme ça.

Aujourd'hui, quinze ans plus tard, Internet a contribué à adapter le monde extérieur à l'univers carcéral – l'inverse mettra sans doute bien davantage de temps. Les associations de familles de détenus ont créé des sites où l'on trouve les horaires des trains, des transports, les trajets les plus simples. Les centres de détention sont désormais localisés, au milieu de nulle part, sur Google Maps. Ces no man's land, royaume de la mise au ban, sont reliés à nous par la magie du numérique.

Le travail des familles se poursuit, à l'aide des bénévoles locaux, avec la tenue des pavillons des visiteurs. Bâtiments en dur ou simples préfabriqués à l'entrée des centres pénitentiaires, ils hébergent notre attente après des heures de train, de bus, de marche. Le décor a la musique des cris d'enfants et des discussions de femmes, la couleur jaunie des reproductions de Monet ou de Kandinsky et l'odeur du Nescafé. Il raconte une chaleur impossible à créer en ces lieux.

À Villefranche, Clément et moi y avons échoué tels deux randonneurs égarés. Épuisés par le voyage et l'épreuve à venir, nous nous sommes assis sur un banc, silencieux. Il était encore tôt : nous avions prévu large. J'ai laissé mon corps s'engourdir sous le souffle chaud du radiateur électrique. Et quand Clément a posé sa main sur mon épaule, je m'étais endormie au milieu du tumulte.

Face à nous, un gardien pénitentiaire venait d'entrer pour appeler, nom après nom, chacune des familles présentes.

Tout pouvait enfin commencer.

Au début des années 2000, j'ai rencontré Chaïm et je partage sa vie. Les études, puis l'entrée dans le monde des adultes ont achevé de distendre les relations entre cousins, déjà dispersés géographiquement. Désormais, le contact se réactive au rythme des modifications d'état civil : il faut un mariage ou un enterrement pour nous réunir. Pourtant, le lien, silencieux, est réel. Il s'ancre dans la mémoire commune avec une pérennité qu'aucun de nous ne songerait à remettre en cause. Nous sommes des militaires réservistes prêts à surgir en cas d'événement majeur.

La naissance de la première fille de Katia et de Pierre en est un. Elle ouvre une nouvelle génération. Quand j'appelle Pierre pour l'occasion, il bégaie, accablé par l'émotion. Le sommeil de la petite, ses premiers sourires et ses promenades, tout devient sujet à récit. Il est intarissable : la joie d'être père le sidère.

Pierre aime jouer avec sa fille et la tenir près de lui. Avec Katia, ils forment un couple où les tâches sont réparties à l'ancienne, mais la tendresse et les câlins, eux, sont au-delà des genres.

Dans la famille, l'arrivée de cette petite fille constitue un événement qui restera unique par la suite. Notre grand-mère est morte trois ans plus tôt. Vaille que vaille, le cycle de la vie suit son cours.

Pierre est père depuis quelques mois quand il est victime d'un accident de ski. Lors d'une sortie, il chute et tombe tête en avant sur un rocher. Il perd ses dents et se retrouve en partie défiguré. Selon les conclusions de son psychologue lors du premier procès, c'est une tragédie pour mon cousin, « poussé à surinvestir le corps par un sentiment de précarité symbolique ».

L'accident marque les limites de sa puissance et provoque une grande souffrance physique.

Katia se consacre à Pierre, tout en s'occupant de leur fille. Elle le soutient, le nourrit et gère le dossier d'indemnisation essentiel à la prise en charge de ses soins, lourds et coûteux.

Entre eux, les rôles sont clairement définis. Pierre assure la part physique et Katia se charge du lien social. Tout au long de leur mariage, elle aura la responsabilité des choix matériels et de l'administratif.

Pierre multiplie les opérations dentaires et esthétiques pendant près d'un an et se remet avec difficultés de son accident.

À son procès, le psychologue évoquera ainsi les prémices du basculement : « Jusqu'à trente-sept ans, ce monsieur a vécu comme tout le monde. Il a travaillé, s'est marié, il a fait des enfants, construit une maison. C'est le passage à l'acte qui fait penser que la construction de sa personnalité n'était pas assez solide. [...] Tout s'est défait progressivement. Le meurtre est arrivé au moment où, pour lui, plus rien ne tenait. »

À ces mots, Pierre s'évanouira, achevant la démonstration.

Pour entrer ici, il a fallu tout abandonner. On nous a délestés de nos biens, de tout métal alertant le détecteur. À cette première visite, en plein mois de février, le zip de ma veste m'a condamnée au tee-shirt quand d'autres femmes ont dû ôter leur soutien-gorge aux baleines détectées. Les rayons X faisaient du zèle.

« Et ça, ça passe ? » est sans doute la phrase la plus prononcée en ces lieux. Et, pour être honnête, la réponse est toujours non. Avec soi, on n'emmènera ni ce téléphone portable, ni ce livre à la couverture trop rigide ou ce texte à la reliure plastifiée. À Noël, des années plus tard, il y aura débat lexical avec un gardien face à un pot de tarama tiré du colis de nourriture exceptionnellement autorisé pour les fêtes. Qualifié de « mousse », il sera recalé. Je lui opposerai « œufs », le gardien me répondra « poisson ». Ce soir-là, je mangerai, moi, le tarama, mousse d'œufs de poisson interdite par un règlement imprévisible.

Un casier cadenassé à quatre chiffres, à côté du portique, renferme le temps de la visite toutes les erreurs de lecture du monde carcéral.

La peur de rater le rendez-vous prévu de longue date au prix de mille appels au rythme des *Quatre Saisons* nous avait mis sous tension. La semaine de Pierre s'était construite sur cette visite, et il s'était gavé d'hypnotiques pour en surmonter l'émotion : Dominique nous avait prévenus.

En prison, le blanc fait tache. Il sent le crime sans l'excuse de la misère sociale. Ce père de famille aux allures d'Auvergnat a baissé les yeux en nous voyant : il appartenait au même monde que nous. Nos vêtements étaient bien coupés, fabriqués en France et achetés neufs. Notre simple présence sur le même banc racontait le dysfonctionnement du monde. Nous ne créerions aucune complicité ensemble car, comme nous, il ne venait pas pour un petit cambriolage ou un gros deal. Comme nous, il avait l'odeur du sang.

Nous sommes passés de sas en sas pour gagner de nouveaux bancs, dans de nouvelles attentes. Quand on ouvrait une porte, c'était toujours pour la refermer derrière nous. Le bruit était partout ; celui des trousseaux et celui des verrous. Il a fallu apprendre à réagir à un nom qui n'était pas le nôtre mais celui du détenu. Et puis on nous a attribué un numéro de parloir. Dans cette petite cabine, espace sans repère temporel, nous ferions enfin face à celui pour qui nous nous étions levés si tôt.

Les années à venir, nous nous retrouverions là, dans cette jonction entre son enfermement et notre liberté, où l'on perd, pour un temps, une part de soi.

Une table, quatre chaises. Des murs aux couleurs pâles. Voilà pour le décor. Nous avons pensé à l'après, quand nous ressortirions libres pour revenir au monde des vivants.

Et puis il y a eu du mouvement dans le couloir. Le visage de Pierre est apparu derrière la vitre. Il nous a souri, le temps d'un millième déverrouillage. L'odeur du monde enfermé est entrée avec lui. Il nous a saisis dans ses bras.

Clément a fait mine de trouver ça naturel et je lui ai emboîté le pas. Son corps était sec.

Il nous a dit merci. Et l'a répété.

Lorsqu'un jour, je demanderai à mon père s'il rend souvent visite à Pierre, il me répondra en cachant son malaise sous la simplicité de sa phrase : « Oui. Quand il est dehors. » Je découvrirai à ces mots, qu'entrer en prison a été au-delà de ses forces.

En prison, Pierre se réduit à son meurtre.

Ce jour-là, il a fallu rattraper deux ans sans se voir en une demi-heure d'échange. Il m'a demandé où en étaient les travaux chez moi et j'ai pensé au sang versé chez lui. À l'évocation de nos conjoints, il a vanté le dialogue, lui qui avait tué sa femme. Et dans les prénoms de nos enfants résonnaient désormais ceux des siens, jamais revus depuis son incarcération.

Chaque mot nous renvoyait à ce dimanche matin.

Derrière lui, la porte vitrée donnait sur un autre parloir. Un couple y était réuni. La femme, en jupe, était assise à califourchon sur l'homme. J'ai tenté de rester concentrée sur les paroles de Pierre en faisant mine, comme le surveillant assigné aux allées et venues, de ne pas les voir faire l'amour.

Perdu par l'absence de montre dans cette demi-heure si chèrement payée, Pierre sursautait à chaque bruit, soucieux de pouvoir aborder tous les sujets listés sur une petite feuille qu'il ne cessait de déplier et de replier. Je me suis demandé si nos visites tenaient pour lui du réconfort ou de l'épreuve.

En détention, Pierre a pris le tic de cligner des yeux. Tout son corps, qui a si tragiquement trahi sa violence, témoigne désormais de son anxiété. Pendant ces trente minutes, il est resté tendu, mobilisé à remplir de mots chaque fragment de temps. La sonnerie nous a soulagés.

Pierre nous a repris dans ses bras. J'ai abdiqué dans ce contact contre nature. Et la porte s'est rouverte, l'invitant à rejoindre sa cellule.

Clément et moi nous sommes retrouvés seuls, enfermés entre deux mondes, soumis à notre tour au bon vouloir des gardiens.

Bientôt, on entendrait le bruit du trousseau.

Bientôt, on respirerait à nouveau.

Katia veut une maison. Ce sera là, en banlieue lyonnaise, à mi-chemin de leurs deux familles. Le prix abordable du terrain est sans doute son seul atout, car à son propos, au fil des procès, ne seront dites que des horreurs. Il apparaîtra au final comme l'une des causes essentielles du drame. Fortement pentu, le jardin est impraticable. Il faut le remblayer pour que la petite puisse y jouer. L'affaire doit néanmoins sembler faisable puisqu'elle est signée.

Comme d'ordinaire, Katia s'occupe de tout. Elle négocie le prix et l'emprunt auprès de la banque. La maison est construite. Pierre, Katia et leur fille quittent leur location pour emménager.

Cet achat apparaît comme un bon signe pour l'entourage. Le couple manque de souffle depuis quelque temps. Les disputes se font de plus en plus fréquentes. Pierre se plaint du manque de désir de sa femme qui, elle, ne se sent pas soutenue. À ses yeux, il ne remplit plus son rôle. Et, c'est vrai, désormais Pierre rechigne. Il commence à souffrir du dos, comme son père avant lui, et l'idée de connaître le même sort le terrifie. Douleur et angoisse l'envahissent lentement et vont chaque jour paralyser davantage son rapport au monde. Le diagnostic d'une sciatique, tel qu'il le racontera à son procès quelques années plus tard, est accueilli comme celui d'une maladie incurable. Pierre se pense condamné à souffrir le reste de ses jours, à l'image de son père, dont la vie et celle de sa famille ont littéralement tourné autour de son dos.

La réalité de cette douleur sera maintes fois mise en question lors des procès successifs. Ses plaintes systématiques pour refuser toute corvée sembleront suspectes. On confrontera la douleur affichée à l'ambivalence du comportement de Pierre. Alors qu'il doit s'allonger une heure en arrivant au bureau pour se soulager du trajet en voiture, il continue à faire du vélo chaque week-end. Aux dires des proches de Katia, cet homme-là se plaint de tout. D'avoir soif, faim, mal.

Parmi les témoignages à charge retenus contre lui, il y aura celui, accablant, de son beau-père. Le lendemain de ce qu'on ignore encore être le meurtre de sa fille, Pierre le contraint à interrompre les recherches qu'ils mènent ensemble pour tenter de retrouver Katia. Celui-ci insiste pour passer à la boulangerie, menace de s'évanouir si on ne lui achète pas un « petit pain ».

Il obtient gain de cause. Les recherches peuvent reprendre.

L'enfant si peu en demande serait devenu un adulte aux requêtes incessantes.

La prison est un monde hors du temps.

La communication avec l'extérieur s'y réduit aux lettres et aux visites.

Il faut attendre le jugement définitif pour, dans des horaires encadrés, gagner l'accès aux cabines téléphoniques. Le premier appel de Pierre, retardé par la multiplicité de ses procès, a lieu si longtemps après son incarcération et nos premières visites qu'en entendant sa voix dans mon portable, je crois dialoguer avec l'espace.

L'image est absente. Entre l'entrée en prison de mon cousin et sa première permission, huit ans de vie se sont écoulés pour une seule photo. Elle est prise à Fresnes par un photographe habilité. Pierre se dit soulagé de retrouver une trace de son visage.

Ce portrait-là me rappelle celui, unique, de la famille de ma grand-mère, petite fille. Il date du début des années 1920. Aucun des parents et des quatre enfants n'y sourit. Ce n'était pas dans la coutume et la fatigue pesait : pour arriver devant l'objectif, il avait fallu parcourir trente kilomètres à vélo jusqu'au bourg.

La prison ramène ses détenus trois générations en arrière.

Pour Pierre, nous avons accepté le voyage et abdiqué image et son en nous remettant à écrire.

Avec lui, la correspondance ne cesse d'évoluer. Sa première lettre est celle d'un départ vers un ailleurs encore inconnu. Les suivantes participeront d'une lente acceptation de cette nouvelle normalité carcérale.

Très vite, l'échange se ritualise. Les lettres de Pierre sont impeccablement manuscrites. Chacune lui coûte. Son esprit est un tumulte où les hypnotiques le partagent à l'angoisse. Il s'efforce d'être clair et d'épuiser la liste des sujets structurant son quotidien. Pierre note la date de chacun de nos échanges et ouvre ses courriers par un compte rendu des reçus et des envois. Il revendique un dialogue ancré dans un calendrier précis. Mais peut-être aussi la fouille de sa correspondance lui fait-elle craindre la disparition d'une pièce nécessaire au puzzle de nos relations. Il nous est impossible d'atteindre son niveau d'exigence. Jamais Pierre ne s'en plaint, pourtant il peine, je le sais, à déchiffrer nos écritures engourdies et notre vocabulaire du dehors qui ne cesse d'évoluer sans lui. Plus tard, quand il nous appelle dans la cohue et les hurlements de détenus, il poursuit, tenace, choisissant les créneaux horaires les moins denses pour attraper nos mots, trop rapides et si mal articulés.

Après quinze ans de détention, j'ai un plein carton de lettres colorées. Pierre les signe désormais d'un drôle de dessin où son prénom se fond en un vélo.

La minutie de Pierre, si largement commentée lors de son procès, se retrouve dans sa manière d'habiter l'espace carcéral.

Après les maquettes d'avion en papier épais, il s'est pris de passion pour les origamis auxquels il consacre ses journées pour nous les envoyer en cadeau à chacun de nos anniversaires. Il submerge nos enfants, qu'il n'a jamais rencontrés, d'hippopotames et de girafes en papier. Dans sa cellule, il refuse dans un premier temps la télévision pour pouvoir se consacrer pleinement à ses travaux. Les enveloppes de ses lettres doivent être secouées au risque d'y oublier un mini-écureuil ou un petit avion.

Un jour, par égarement, je lui demande s'il faisait déjà ces pliages *avant*. Pierre marque un silence. Non, car *avant*, il avait une vie normale. Une vie où les soirées n'étaient pas rythmées par le bruit des trousseaux. On dînait en famille, on bordait ses enfants, on regardait la télévision et on se couchait en faisant parfois l'amour.

En 2001, nos parents voyagent désormais avec une Carte Senior. L'arrivée progressive de la quatrième génération les pousse tranquillement vers l'âge de la retraite. Nous devenons les forces vives, bien encombrés par ce rôle : nous, les enfants des baby-boomers, y avons été si peu préparés.

Jacques Chirac, président de la République, se débat dans ses affaires, le prix Nobel de la paix est remis à l'ONU et George W. Bush, le fils de l'autre, succède à Bill Clinton, tandis qu'une poignée de djihadistes d'Al-Qaïda terminent leur formation express de pilote.

Ma cousine Marie, qui m'était la plus proche, est partie vivre en Angleterre où naissent ses premiers enfants. Son frère Bruno et sa sœur Lise vivent en banlieue parisienne. Quant à Pierre et Ludovic, ils sont restés en région lyonnaise, terreau familial. Le lien agit en fil invisible, nous resserrant tel un lasso mou à des occasions désormais espacées.

Cette fois, c'est mon tour de m'y coller.

Je me marie en Bourgogne, là où j'ai grandi. La fille de Pierre et Katia vient de fêter ses deux ans. Dans mon milieu de bobos parisiens, on se reproduit tard et elle est la seule enfant présente. J'ai deux photos d'eux, prises ce jour-là, dans le parc du petit château. Sur la première, Katia, Pierre et leur fille posent ensemble, sages et souriants. Sur la seconde, la petite, pliée de rire, tente d'échapper à son père qui fait mine de lui courir après. Plus tard, il me demandera fréquemment de lui raconter ces scènes. Mon récit le rassure. Entre ses souvenirs erratiques et les témoignages de l'instruction, il a perdu le fil de sa réalité passée.

C'est une belle fête. Elle s'arrose joyeusement. Près de vingt ans plus tard, je dois retrouver le carnet de Polaroid offert à l'aube par un copain pour m'assurer de la présence de chacun. Je nous y trouve terriblement jeunes, beaux de cette peau parfaitement lisse et de cette flamboyance capillaire qu'aucune chimie ne pallie. Il y a de la foi dans ces photos.

J'ai beau chercher, je ne vois aucun intérêt à vieillir.

Clément se saoule gaiement avec Pierre et le quitte au petit matin, hagard, planté au milieu de la pelouse désertée. Mon frère se rappelle où dormir, mon cousin, non. J'ignore où il a fini la nuit. Décidément, voilà une affaire qui se répète. Les fêtes de mariage semblent faites pour ça.

Katia, elle, est partie tôt avec la petite. Elle m'a saluée en me souhaitant le meilleur.

À cette époque, le couple bat de l'aile. Il sent la fatigue et le poids du malentendu. Entre eux, le charme est rompu. À l'euphorie connue quatre ans plus tôt succède l'épaisseur du quotidien. Katia pose des yeux sans douceur sur Pierre qui, lui, l'évite sans cesse.

Quelques mois plus tard, ils annoncent une seconde grossesse. La nouvelle claque comme un soubresaut d'espoir dans une relation asséchée.

C'est au détour d'une conversation, sans même l'avoir préparé, que j'annonce à Pierre avoir commencé à écrire sur lui. Mon téléphone a sonné sur le chemin, un samedi matin de printemps, alors que j'emmenais ma fille à la bibliothèque. J'ai pris l'appel : c'était un moment calme pour se parler.

Pierre est incarcéré depuis treize ans quand ce livre s'impose à moi. C'est le temps qu'il m'a fallu pour transformer l'épreuve en mots. Je ne m'effondre plus en recevant ses courriers, je ne parle plus des « miens » et j'arrive à prononcer le prénom de sa victime. Le besoin de comprendre les ferments de ce geste insensé n'est plus détourné par l'émotion.

J'ai commencé à écrire quelques mois auparavant. Les premières lignes de ce livre sont nées hors conscience, un dimanche. C'était le premier anniversaire des attentats. J'ai passé ma vie à lever le doigt pour demander l'autorisation. Écrire sur une absente, sur le désastre collectif de sa mort, risquer de trahir sa mémoire et de blesser les vivants m'aurait été impossible si j'avais choisi de le faire. Mais les mots sont venus et j'ai décidé de faire avec.

Maggie Nelson, dans *Une partie rouge*, consacré au meurtre de sa tante, dit ceci : « Certaines choses valent sans doute la peine d'être racontées pour la simple raison qu'elles se sont produites. »

Je viens de me séparer d'un homme rencontré après mon divorce. Nous avons partagé plusieurs années ensemble sans, cette fois, conclure de mariage ni concevoir d'enfant. L'affaire n'est pas plus simple : de notre histoire, il ne reste rien de tangible au-delà de la certitude de s'être aimés. Dans la foulée, j'ai vendu mon appartement et rempli un garde-meuble. Ma fille, son violoncelle, le chat et moi nous retrouvons en colocation dans une maison des Lilas. Le bruit et le mouvement constant y couvrent mes questions et le champ des possibles s'ouvre à nouveau.

J'écrirai avec ou sans l'autorisation de Pierre, mais je veux le prévenir. Je n'aurais pas imaginé le faire entre deux rues, sur le chemin entre notre chez-nous provisoire et la bibliothèque du quartier. Quand le numéro de la prison apparaît sur l'écran de mon portable, Pierre n'a pas appelé depuis des semaines. Je n'ai rien préparé pour lui parler de mon projet. Je lui réponds, comme chaque fois qu'il nous demande des détails sur notre vie quotidienne pour nourrir la sienne, hors du temps. Oui, je travaille, tout va bien. Et j'ai commencé à écrire sur lui.

« Ah. C'est bien ! » C'est sa réponse. Elle est sans émotion, à peine teintée de surprise. Pierre prend acte, sans joie ni angoisse, alors que je craignais et l'une et l'autre. J'ai peur d'un malentendu. Je précise les lignes de mon écriture. Il ne s'agit pas d'expliquer son geste, et encore moins d'en alléger la gravité. Je veux raconter l'ébranlement. Je risque d'évoquer des choses dures. Mais son histoire est aussi la nôtre. Pierre répond juste : « D'accord. »

Je ne suis pas allée le voir depuis près d'un an. Je lui propose de descendre à Riom, là où il purge désormais sa peine, pour préciser les choses. Pierre est heureux de cette visite. Depuis sa condamnation définitive, il reçoit peu de demandes de parloir. Les amis sont les premiers à s'être fatigués. La famille a suivi. Seuls ses parents viennent encore régulièrement ; Pierre ne veut plus voir son frère dont il ne supporte pas l'optimisme excessif.

Là-bas, face à moi, Pierre réitère son accord sans emphase. Il trouve ça « bien ». Il dit : « Ça peut m'aider à comprendre. »

Car son obsession est là, dans cette détermination à recomposer le puzzle du basculement. Mais les mots s'échappent dès qu'il se replonge dans cette période.

Pierre n'aurait pas tué s'il avait appris à parler.

Des autres, il n'attend désormais plus rien.

Pierre a désiré fortement mourir et s'y est essayé plusieurs fois. L'administration pénitentiaire aura au moins réussi à le maintenir en vie à chaque tentative. Il en faut de la détermination pour parvenir à bout d'un corps. Ça résiste. Et Pierre en a visiblement moins pour le sien qu'il n'en a eu pour celui de Katia. Médicaments, autostrangulation, rien ne marche.

Puisqu'il doit vivre, Pierre fait avec.

Et, pour ça aussi, il faut de la ténacité. Car le monde auquel il doit revenir le rejette dans tous ses élans.

Pierre nous harcèle parfois en répétant ses appels jusqu'à l'épuisement, inconscient de nous appeler en pleine journée de travail, de rendez-vous ou de tournage. On le filtre. Une fois, deux fois. Parfois plus quand, incapable d'imaginer nous déranger, il recompose le numéro à l'infini dans l'obsession de nous parler. Lui n'aura parfois aucun autre interlocuteur de la journée. Un coup de fil n'a pas, à nos yeux, la valeur qu'il prend aux siens. Seul l'épuisement nous est commun.

La patience de Pierre se puise dans son abdication. Puisque la projection dans le regard de l'autre a perdu son sens et que la douceur d'être aimé, caressé, a disparu avec l'aptitude à l'abandon, ses plaisirs doivent désormais être simples et immédiats. C'est un déplacement d'une prison à une autre et la vue d'un champ. C'est un brin de romarin poussant dans la cour de la prison. Ce sont des joies à trouver hors de l'altérité.

Alors, étrangement, Pierre entend une seule chose : si j'écris sur lui, autour de lui, c'est qu'il existe encore.

Le reste, être désigné en monstre ou en victime, peut-être pas l'un et certainement pas l'autre, n'a aucune importance.

À l'arrivée de l'été 2004, les éléments du drame sont réunis. Il y a cette maison-chantier, ce couple en crise, ces deux petites filles de cinq et deux ans, et la douleur de Pierre.

La catastrophe avance d'abord masquée. Comme Werner, son père, dont les plaintes ont rythmé le quotidien familial des années durant, Pierre a mal au dos. Cette souffrance envahit son rapport aux autres et l'invalide physiquement.

Mais Katia n'a pas la patience de ma tante. Elle entend des jérémiades et suspecte une mise en scène destinée à échapper aux travaux. Elle s'est montrée, quelques années plus tôt, d'une dévotion absolue après l'accident de ski et la mâchoire broyée. Cette fois, elle n'a pas d'empathie.

Quand Pierre lui annonce, à l'approche de l'été, être incapable de supporter les cinq heures de route menant sur la côte, elle répond : « Bourre-toi de médocs et ferme-la. »

L'organisation du couple diffère selon les témoignages. Pierre, dont le rôle auprès des filles n'a cessé d'être remis en question, insiste sur son implication.

Dominique, ma tante, a une vision encore plus radicale : elle lui attribue leur éducation. De Katia, elle dit au procès : « Mis à part les avoir portées, elle ne faisait rien, c'est Pierre qui s'occupait de tout. »

Lors des procès successifs, l'énergie de Katia à construire sa vie familiale et à bâtir sa maison lui sera, paradoxalement, reprochée. Dans la bouche de l'avocat et des témoins de Pierre, son désir deviendra volontarisme et sa détermination, fermeture au dialogue. On parlera d'abus et de prise de pouvoir. On évoquera une « personnalité écrasante ». Comme trop souvent dans ce type d'affaire, la victime sera brutalement ramenée au rang d'accusée. *La* victime, oui, seul nom féminin réservé dans le champ lexical du tribunal. Les autres, actifs eux, appartiennent au masculin. On croirait à une prescience des mots tant les femmes tiennent si souvent le rôle.

Pourtant, au regard des autres témoignages, il semblerait que Katia ait assumé beaucoup au sein de ce foyer, voire l'essentiel. Il faut les témoignages des parents, des amis, des voisins pour rappeler quelle femme souriante et profondément énergique elle était.

Les procès portent cette iniquité : ils se consacrent au présumé coupable et tentent d'en saisir la lente et complexe inclinaison vers le crime quand la victime tient, elle, le rôle secondaire. On réduit son parcours, sa vie aux grandes lignes pour se consacrer à sa rencontre avec le meurtrier.

Durant le procès de Pierre, dans le déroulé des faits, Katia apparaît jeune femme pour en sortir, dix ans plus tard, épouse, mère et victime d'un meurtre. Entre les murs du tribunal, ce qu'elle a été se résume aux stricts éléments racontant cette déroute. On rappellera peu sa constante curiosité pour les autres et son drôle de rire en cascade, ce n'est pas l'endroit.

Au fil des trois procès successifs, le portrait de Katia est dessiné en creux. Elle est l'absente qui nous réunit. Sa version de l'histoire est morte avec elle. Devant la cour, Katia est, vaille que vaille, relayée par ses proches. La partie civile, accablée par le deuil, a peu d'air pour la faire exister.

Katia, ce sont les avocats et témoins de la défense qui en parlent le plus. Elle est convoquée par les faits et par une logique censée éclairer des gestes meurtriers. La condamnation en jeu fait passer le respect de sa mémoire au second plan. Dans ces bouches tant mobilisées à alléger la peine, la victime finit toujours en partie responsable de son sort.

Pour les deux parties, la frustration profonde naît d'un malentendu : la justice ne cible pas l'intime mais la paix sociale. Elle règle les désordres du collectif et laisse aux individus le soin de leur résilience. La communauté prime. Dans le cas de Pierre et de Katia, ou plutôt de l'un et de la mémoire de l'autre, ce rôle est inégalement compris.

En préparant ses notes pour l'un des procès, ma tante m'interroge sur cette phrase qu'elle souhaite porter à son témoignage : « Katia était gentille, pourtant elle aussi devait bien avoir un talon d'Achille. » Les louanges tressées à la victime depuis son meurtre, à travers l'instruction, lui sont insupportables. « On en fait une sainte, mais elle lui disait des horreurs. » Dominique partage les torts. Après tout, certains punissent collectivement leurs enfants quand ils se disputent.

L'atrocité du crime est court-circuitée par une rhétorique puérile. Incapable de distinguer la condamnation d'un geste, ce meurtre, et celle d'un homme, son fils, ma tante s'échine à justifier l'injustifiable. L'ingénieure perd pied face à l'irrationnel.

Je retrouve chez Dominique l'égalitarisme outrancier prôné par ma grand-mère avant elle. L'individu, son désir et sa douleur sont réduits à de simples fonctionnalités sociales. On dit aïe quand on a mal et on se soigne si on peut. L'inconscient ou la mélancolie n'existent pas dans cette culture aseptisée où le bon ordre de la communauté prime.

Mais si tout doit trouver sens, alors que faire de cette difformité soudaine ?

Le déni des faits est le moteur de ce pourvoi en cassation. Mon oncle et ma tante refusent le poids de la peine confirmée en appel. Pierre, lui, hésite. Ces procès sont d'immenses épreuves émotionnelles. Il ne se croit pas apte à en affronter un troisième. Sa mère plaide : « Fais-le pour les petites. » Pierre cède.

À l'ouverture des débats, l'avocate de la partie civile raconte l'effroi des parents, dont elle porte la voix devant ce pourvoi. « En leur apprenant [ce nouveau procès], j'ai eu l'impression de leur annoncer une nouvelle fois la mort de Katia. »

Cette perspective bouleverse le père de la victime au point de le pousser à écrire à Pierre. Il le supplie d'accepter sa peine, déjà prononcée deux fois, en renonçant à une nouvelle action en justice. Chaque jour, il guette le courrier dans l'attente éperdue d'une réponse. En vain.

Dans le box des accusés, face à lui, Pierre déclarera simplement avoir été dissuadé d'entamer ce dialogue par son avocat. « Cela ne se fait pas », lui aurait-il dit.

Comme chaque fois face à l'autorité, enfant dans un corps d'homme, Pierre obéit. Il écoute ses parents quand ils lancent un nouveau procès. Il écoute son avocat quand il l'invite au silence. Tout le pousse, consciemment ou non, à rester sourd à la douleur de la partie adverse, freinant, du même poids, la prise de conscience pleine et entière de son acte.

Ça commence par une crise.

La fille aînée du couple vient de fêter ses cinq ans. La cadette approche de ses dix mois. Pierre et Katia écopent jour après jour un mariage qui prend définitivement l'eau. Lui est angoissé, elle, malheureuse. On est loin des fantasmes des premières années où Pierre paraissait l'homme de toutes les situations. Il évite les tâches imposées par Katia en partant pour de longues promenades à vélo.

Comme chez tous les couples en rupture, l'un et l'autre commencent à donner le pire d'eux-mêmes. Pierre nourrit l'aigreur de sa femme, tout en se sentant réduit au rang d'outil ménager.

Katia doit reconsidérer ses rêves. Elle voulait un mari, une maison et trois enfants. Elle abdique pour un temps le troisième et envisage la séparation à l'aube de ses sept ans de mariage. À cet anniversaire, elle sera déjà morte.

À quel point ce projet de divorce était-il formulé ? Quel rôle a-t-il joué dans l'engrenage meurtrier ? Ces questions récurrentes à l'homicide conjugal articuleront les procès. Elles obtiendront en réponse une certitude : le mal-être du couple verbalisé par Katia et intériorisé par Pierre.

L'enchaînement des faits s'ouvre avec cette crise, donc. Elle a lieu durant le week-end de Pentecôte, deux mois avant le meurtre.

Un matin, Pierre prend sa douche quand il est saisi d'une attaque de panique. Il dit sentir sa colonne vertébrale fondre. Il est convaincu de mourir si on ne lui vient pas en aide. Il appelle Katia au secours. Paniquée par l'état de tétanie dans lequel elle le trouve, celle-ci fait venir le Samu. Pierre passe la journée à l'hôpital à subir une batterie de tests qui ne détecteront aucun dysfonctionnement physiologique.

Dans la relation du couple, cette journée fait figure de basculement.

Katia semble ébranlée par la scène puisque, selon Pierre, elle le presse de questions pour éclairer ce qui vient de se produire.

Lui n'est capable d'aucune réponse : il ignore tout de cette angoisse, invasive au point de lui sembler mortelle. En revanche, se sentant harcelé, il va lentement associer cet état de panique à sa femme.

Pierre frappe Katia ce week-end-là pour la première fois. Les proches de celle-ci évoquent « un coup de pied aux fesses ». La formule est surprenante et l'image, difficile à se figurer. Je suis étonnée d'y retrouver les mots de ma grand-mère pour décrire les coups portés à sa fille, Dominique, lors de sa grossesse. L'affaire semble violente puisque Katia menace de porter plainte et appelle sa sœur pour témoigner de ce qu'elle vient de vivre.

Là se situent les ferments de la tragédie. Pierre s'invente un schéma paranoïaque où sa survie psychique dépend de la disparition de Katia.

Plus simplement, c'est elle ou lui.

Il se choisit, lui.

La rencontre, faille miraculeuse, peut être la quête d'une vie. Elle fait naître un souffle inattendu : soudain, tout est plus beau.

Au début, on peine à y croire tant l'histoire tient de la magie. Parfois, en pleine nuit, la crainte de l'avoir rêvée arrache au sommeil. Mais une main posée sur le corps chaud, endormi à côté de soi, suffit à rassurer pour un temps.

Il y a ces peurs, aussi. Ces soirs où l'autre tarde à rentrer guident l'imaginaire vers le pire. L'accident de moto, de vélo, la mauvaise rencontre, comme on dit… Sa peau n'est pas encore envisagée contre une autre. Il faudra peut-être y venir, mais pour l'instant l'affaire est inconcevable. Le sentiment amoureux, puisque c'est bien de lui qu'il s'agit, balaie tout le reste. Seul un drame pourrait venir s'immiscer et son ombre provoque la montée de panique. Quand l'autre arrive enfin, il ne comprend pas tant de larmes pour une toute petite demi-heure de retard. Et pourtant, la peur de devoir réapprendre à vivre en son absence a été trop forte.

L'amour fait et défait. Il vient étayer les fondements identitaires, les modifie à sa guise. C'est une métamorphose. « Je » devient « nous » en revendication sociale. On coche une case différente aux impôts. On change parfois de nom. On parle de « son mari » ou de « sa femme » en distinction de privilégié. Oui, j'aime et je suis aimé/e. J'ai cette chance immense.

Et puis parfois, le plus souvent, avouons-le, l'affaire tourne court.

Le projet évolue. Les rêves conçus en commun prennent l'eau. Un enfant, deux enfants. L'équilibre solaire sur lequel le couple s'est trouvé prend des coups dans l'aile.

La générosité s'efface. Ça commence par le ton de la voix, l'oubli des noms tendres. Les reproches ne sont plus dérivés par la foi en l'autre. Ils avancent à découvert. Cash.

L'être aimé cesse d'être le complice, le camarade, pour devenir peu à peu un empêchement à soi.

La tristesse succède à la joie immense. Aussi forte dans son intensité. Attention, ça commence par le pire : l'aigreur. On parle mal. On répond au téléphone avec cette voix autrefois réservée aux centres d'appel et aux vendeurs de fenêtres à double vitrage. On oublie les mots délicats laissés sur la table en partant. On donne le pire de soi.

L'amertume gagne le domicile. C'est désormais dehors qu'on se sent libre. Le sentiment amoureux ouvrait des champs et rendait plus riche. Son lent effacement appauvrit tout.

La valorisation vient maintenant des inconnus. Cette fille croisée à un concert qui ose nous laisser son numéro. Cet homme sincèrement troublé en nous voyant arriver au rendez-vous. Avouons-le, les bottes, le trench, c'était fait pour.

On voudrait tant qu'il en soit autrement. On tente les retours en arrière, mais rien n'y fait. Ça ripe. La machine semble s'être enrayée. Merde, on faisait comment avant ?

Il faut l'admettre désormais. C'est raté.

Dans ce jeu, y a-t-il une place préférable ? Pas sûr. Celui ou celle qui part troque son amour-propre pour une culpabilité dont celui ou celle qui reste n'est pas forcément exempt. Le bordel est dévastateur et le fardeau de chacun, à la hauteur de la richesse partagée.

C'est désespérant car, soyons réalistes, dans ce monde étrange, le sentiment amoureux construit des châteaux de sable livrés au hasard de la marée.

Il ne rattrape rien et ne guérit pas de grand-chose.

L'amour est très surestimé, dit-on.

On pourrait penser que le psychisme de Pierre n'a pas résisté à cette désillusion.

Ce que j'ai perdu est là.

Dans cette affaire, nous sommes des privilégiés. Nous les proches de la famille, le deuxième degré du fait divers, en sortons juste bousculés affectivement : cette tragédie n'est pas la nôtre. Il n'y a pas de place manquante à notre table le dimanche, pas d'existence à réaménager pour y accueillir deux orphelines ou les horaires d'un parloir hebdomadaire. Aucune rumeur ne nous précède quand nous entrons quelque part et nous sommes libres, nous, d'évoquer, ou non, le tumulte traversé.

De temps à autre, nous bloquons une journée de travail, prétendant une visite médicale impossible à décaler, pour donner du temps à un cousin perdu. La honte de cette promiscuité nous rend silencieux et un peu sales. Voilà tout.

Pourtant, nous sommes appauvris.

La confrontation à la laideur humaine est une perte sèche. Certaines épreuves de vie enrichissent, se raconte-t-on pour déguiser la peine en sagesse, les autres éreintent.

J'en veux à Pierre. En français, il faut cet étrange assemblage de mots pour exprimer ce ressentiment liant à l'autre. *Je lui en veux* de ce que nous avons perdu par son incapacité à endiguer sa douleur. La réalité est là : je voudrais qu'il me le rende. Entre nous, désormais, il y a cette dette.

Ses gestes ont joué en poids mort dans nos vies, faisant plier nos valeurs et nous assignant au chagrin. Il m'a fallu des années pour comprendre combien cette histoire n'était pas la mienne et faire le deuil de ce cousin si aimable. Des années où j'ai délaissé mon mari et mes amis à son profit, incapable de lâcher cette main meurtrière. Un jour où les sanglots m'étouffent, je me précipite chez le médecin et lui demande quelques pilules apaisantes. Prévenant, l'homme me prescrit des gélules « parant à toutes les peines d'amour ». Je ne corrige pas. Après tout, la douleur est générique. Quelques années plus tard, elles ne seront pas périmées quand je les liquiderai en plein divorce.

Le fait divers s'est placé entre le monde et moi. J'ignore comment les membres de ma famille ont intégré cette hérésie à leur vie. Incapable d'admettre la monstruosité, j'ai tenté, moi, de lui donner l'allure du tolérable. Mon couple ne connaissait pas la violence et je nous considérai soudain simplement chanceux d'être épargnés par la colère, réduisant la responsabilité des gestes à un coup du sort. Le prix de cet arrangement avec le réel est exorbitant. Il me suffisait de refuser ce poids et j'ai trop tardé à y parvenir. Ce temps d'amour et de légèreté ne me sera jamais rendu et, aujourd'hui encore, j'en reste inconsolée.

La première tentative de suicide de Pierre a lieu entre ses deux premiers procès. Il est déjà sauvé quand

Dominique nous appelle pour nous prévenir de son hospitalisation en urgence après une overdose de médicaments. Et tandis qu'elle me rassure sur la stabilisation de son état, je la regrette aussitôt, et sans l'ombre d'une culpabilité. Mort, Pierre emportait avec lui le monstre devenu et le monde retrouvait son harmonie. Nous n'avions plus qu'à pleurer le cousin victime à son tour de cette violence meurtrière. Mais, à nouveau, il respire. Il nous faut continuer à vivre dans ce partage d'oxygène, encombrés par la honte et une insoutenable loyauté.

Par la suite, ses tentatives sont moins flamboyantes et tiennent davantage de l'automutilation. Elles ne valent même plus un appel. Pierre s'écorche, s'étrangle, garde les traces de ses scarifications mais ne meurt pas. Ce corps-là résiste.

Des années plus tard, il commence à purger sa peine définitive quand Chaïm me quitte. Et il ne me vient pas l'idée de le tuer pour ça.

En grand frère parfait, Clément m'accueille sur son clic-clac les jours de déprime, partage avec moi son herbe et son rhum cubain et me présente François, peintre pour l'essentiel, bricoleur de talent et de bon goût pour le reste. Avec sa tête de sociologue et son exemplaire de *Libé* sous le bras, il n'a pas le physique de l'emploi. J'ignore quelle aurait été sa vie s'il avait grandi ailleurs que dans un foyer de l'Assistance. Mais François a mal connu ses parents, n'a pas fait d'études et rénove des appartements.

Il s'occupe du trois-pièces où j'emménage ; il le fera dorénavant avec tous ceux que j'habiterai et quitterai, prise pour quelques années par une curieuse frénésie de mouvement. Abdiquant pour un temps le sentiment amoureux, je fais de lui le seul homme indispensable à ma vie.

François est à l'aise avec le réel. Il sait jouer avec la lumière, l'espace et la chaleur. Avec lui, le matériel perd son hostilité.

Un jour, alors qu'il attaque à l'orange vif le mur de mon nouveau salon, il est témoin d'un coup de fil de Pierre, dont il connaît l'histoire. Pinceau en main, il attend que je raccroche pour me lancer : « Tu devrais pas être si gentille avec lui. » Il a grandi en foyer avec un camarade devenu tueur. À la vingtaine, l'homme, pris d'un coup de folie, a étranglé la femme qui l'entretenait. François dit « il lui a serré le kiki » et l'affaire ne perd rien en tragédie. Il l'a revu une seule fois après sa libération : une soirée de cauchemar dont François, qui n'est pas un tendre, parle comme d'un traumatisme. « Des mains qui ont tué, tu peux pas les regarder. Ça prend toute la place. » Tout en reprenant la peinture, il me provoque : je serais capable de l'accueillir chez moi ? J'hésite. De lui présenter ma fille ? Je frémis. Alors autant ne pas nourrir un lien perdu d'avance : il sera d'autant plus cruel à couper quand Pierre sortira.

Je l'écoute tandis que l'orange s'étale sur le mur et je cesse un temps de répondre à Pierre.

Et puis Dominique m'appelle à la fin de l'été pour nous annoncer son transfert pour deux mois à Fresnes. Sa dangerosité doit y être évaluée avant son envoi en centrale. À Paris, mon frère et moi sommes sa seule famille.

Alors, un matin de septembre, je quitte ma vie pour attraper un RER et me laisse à nouveau aspirer par la vie carcérale.

Je découvre Fresnes, son labyrinthe et sa vétusté. Dans la cour, un gardien aide un pigeon blessé à redresser son aile pour s'envoler. Il le relâche dans les airs sous les applaudissements des visiteurs.

En sortant, je trouve sur mon portable, abandonné le temps du parloir, un message laissé par erreur. Une jeune femme a dû poser un lapin à son rendez-vous genre Tinder puisque l'homme m'appelle, moi, au hasard d'un faux numéro. Oubliant l'indélicatesse, il dit simplement sa déception de l'avoir attendue en vain, espérée à chaque entrée dans le restaurant où ils devaient déjeuner ensemble. Il était si heureux de la rencontrer !

Et son talent à transformer l'aigreur en envie, à garder la rémanence du beau face à la médiocrité du réel apaise mon retour vers Paris en version marche puis bus, puis RER, puis métro, le sac de linge sale de Pierre sciant ma main.

L'harmonie n'existe pas dans un fait divers. On y trouve le manque d'amour, la violence et le chagrin ; on y est assourdi par la dissonance. Mais, à travers ce marasme, il raconte quelque chose de nous et de nos désirs.

Prêtons l'oreille pour l'entendre car là réside sans doute sa seule valeur.

Le printemps 2004 est le point de bascule. De ces mois-là, Pierre présente un souvenir profondément confus malgré l'instruction et les trois procès qui se sont succédé. Il se rive à des flashs et s'accroche à des scènes vidées de leur sens à force de répétitions.

Pierre semble chercher le sens de son propre passé, suspendu à ces bribes de mémoire incertaine. Une seule certitude ressort de cette nébuleuse, réelle ou mise en scène : au monde, à la famille de Katia, à nous, il n'offre que des reliquats de vérité.

Pour la psychologue qui témoigne de leurs entretiens, Pierre a grandi dans une précarité symbolique, accrue par la paternité. Il vit dans la peur de se tromper et de commettre une erreur impardonnable. Pour maintenir son équilibre vital, il surinvestit le corps et l'exercice physique. Sa dégradation, cet accident de ski, l'année suivant la naissance de sa fille où il perd ses dents et reste en partie défiguré, a un coût très lourd. Il sombre dans une léthargie proche de la dépression. Sa virilité s'en trouve fragilisée. Il perd le goût, dans les deux sens du terme. La vie sexuelle au sein du couple s'étiole pour ne jamais retrouver sa vigueur. Et Pierre évoque pour la première fois son mal de dos, comme son père avant lui.

Le passage à l'acte, quatre ans plus tard, va avoir lieu pour un motif dérisoire – des coussins –, dans une disproportion majeure entre la cause affichée et le déferlement mortel de violence.

Selon les mots de la psychologue, le basculement arrive au moment où le corps s'efface : Pierre perd ses points d'appui. On pourrait dire qu'il se retrouve nu face au monde.

Les paternités successives, les travaux dans la maison, la mobilisation de son corps douloureux provoquent un délitement progressif de son psychisme. Il sombre dans un délire de persécution entièrement reporté sur sa femme. Elle est la grande fautive, responsable de sa souffrance et de sa fragilité. Elle devient « le Diable », comme il l'évoquera aux premières heures de son inculpation.

Jusqu'à trente-sept ans, Pierre évolue dans un schéma normatif *a priori* parfait. Il est un père de famille inséré socialement. C'est le passage à l'acte qui révélera la faille.

Elles sont plus d'une centaine par an. Elles portent tous les prénoms. Elles ont été surprises par la violence ou l'ont connue des mois durant. Toutes sont mortes sous les coups de leur conjoint.

Il y a, d'un côté, l'histoire singulière et intime et, de l'autre, une sociologie des faits.

Le meurtre de Katia, clé de mon histoire familiale, tsunami de nos vies, s'inscrit dans une ramification à taille inhumaine.

Les procès et les récits se sont succédé pour comprendre l'évolution de Pierre vers ce crime. Pourtant, en frappant jusqu'à l'effacement le corps de sa femme, la mère de ses enfants, Pierre répète un geste ancestral. Au-delà de son parcours personnel, des manquements affectifs subis, il chute en deçà de la bestialité. Aucun animal ne tue gratuitement.

À la barre du tribunal, la mère de Katia a ces mots : « Même à une bête, on ne ferait pas ça. »

La force du lien tissé dans le couple peut résister à l'épreuve des coups. Avec l'homme violent, il faudrait abandonner les rêves conçus avec « l'autre », délicieux et touchant, qui pourtant cohabite sous une même identité. Face à ça, avoir les moyens de fuir ou non sera toujours secondaire. On frappe les pauvres et les riches. C'est étrange, mais la question n'est pas là.

L'été où Katia meurt, je déjeune avec une amie. Elle est jeune et talentueuse, de ces filles dont on dit qu'elles ont tout pour elles. Je ne l'ai pas vue depuis longtemps et elle arrive bouleversée. Quinze jours plus tôt, son amoureux, artiste remarquable, garçon sensible, la laissait pour morte chez elle sur le plancher du salon après l'avoir assommée à coups de chaise. Oui, à coups de chaise. Ils ont cessé de pleuvoir sur son corps quand elle dit avoir accepté la mort là, sur ces lattes de parquet : face au corps immobile, l'homme a paniqué. Le lendemain, retombé de sa violence, comme d'autres de leur ivresse, il a pansé ses plaies avant de s'effondrer, en larmes, devant l'étendue du désastre. Mon amie l'a pris dans ses bras et a accepté la robe offerte en guise d'excuses. Elle a eu honte des regards posés sur son corps dans la cabine d'essayage collectif du magasin si chic où il l'a emmenée. Il a fallu ça pour qu'elle parvienne à le quitter quelques jours avant notre déjeuner, sans porter plainte. Encore sous le coup de l'émotion, elle me dit : « Il avait plus mal que moi. »

La souffrance de l'autre anesthésie celle qu'elle provoque.

Sans doute faudra-t-il des générations pour cesser de construire culturellement les femmes dans cette empathie, qu'on s'empresse ensuite d'appeler fragilité. Dans les contes pour enfants, les princesses penchent la tête avec indolence et douceur quand les princes, eux, regardent droit vers l'avenir. La vie d'un couple ressemble souvent à ça.

Katia est morte à trente-deux ans. C'était une jeune femme entourée, profondément aimée et autonome économiquement. Elle avait l'allure d'une forte tête. De celles qu'on imagine volontiers s'élever face à une injustice ou diriger un mouvement syndical dans une entreprise. La vie ne semblait pas l'impressionner. Rien d'elle n'en faisait une victime ou ne la prédestinait à la page des faits divers.

Les journaux locaux parus au moment de la mort de Katia se dispensent de qualificatif dans l'énoncé des faits. Parmi les titres, je trouve : « Une femme tuée par son mari », « Un homicide conjugal » et « Le mari tueur reconnaît les faits ». L'embrasement des sens n'est pas mis en avant, comme il l'a été quelques années plus tôt pour Bertrand Cantat. Personne n'a le mauvais goût d'évoquer le fameux *crime passionnel* : le seul élément explicatif recherché dans la personnalité de Pierre sera, au fil des procès, celui de sa fragilité psychique.

Il y a donc là un homme porté par son histoire plus qu'il ne la porte, une trajectoire personnelle et un récit singulier.

Seulement voilà, à bien y regarder, les gestes de Pierre semblent infiniment plus communs. Et, pour preuve, ils cochent les trois cases essentielles du meurtre conjugal : il a lieu au domicile du couple, dans un contexte de séparation, après des violences antérieures, dans les semaines précédentes.

On croit vivre un drame intime, on remplit des statistiques.

La seule singularité tient à la brusque apparition de la violence de Pierre ce printemps-là. Avant ce « coup de pied aux fesses » porté à Katia, c'est un homme doux. Il n'a pas de casier judiciaire et n'a jamais pris part à une bagarre ou au moindre affrontement physique. Sa peur évidente du conflit le tient éloigné de tout face-à-face. Les sports qu'il pratique, et où son corps donne toute sa mesure, sont solitaires. Ses contacts avec l'autre sont rares jusque dans sa sexualité : Pierre n'a eu qu'une femme dans sa vie et ils n'ont plus d'intimité physique.

Or, tout à coup, il multiplie les gestes de colère. Il y a d'abord cet objet lancé à travers la pièce quelques jours après l'attaque de panique. Et puis ce fameux coup de pied dont Katia parle à sa sœur. Elle dit vouloir porter plainte avant de renoncer, préférant envisager une procédure de divorce.

Le meurtre est, lui, d'une brutalité inimaginable pour qui a connu l'homme *avant*. Dans ces coups-là explosent trente-sept ans de violence contenue. Pierre frappe pour la première fois et tue.

Face au cadavre de sa femme, il ne tente pas de se suicider – en tout cas pas tout de suite. Il entre dans un état de dissociation – la cour parlera de simulation – qui ne lui permet pas, dans un premier temps, d'accéder à son geste.

À ça, il mettra plusieurs années.

Mais si le meurtre est commun, la victime, elle, ne l'est pas.

Katia n'est pas sous emprise, ne paraît pas avoir peur. Elle ne tient pas, caché dans un coin de la maison, ce « sac de départ » à emporter en cas d'urgence, comme on le conseille aux femmes battues. Le déferlement de coups auxquels elle va succomber, ce dimanche matin, est si soudain et si inattendu dans son intensité qu'il ne lui laisse aucune chance de survie. Elle se bat jusqu'au bout, l’autopsie de son corps en témoigne. Si l’on s’en tient aux faits, elle a simplement sous-estimé, comme nous, la réalité de l’homme qui lui fait face depuis dix ans.

Les signes du basculement sont infimes. Nous les avons tous ignorés.

Aujourd'hui, la famille est disséminée. Il n'y a plus ni mariage ni enfant à naître. On apprend les déménagements des uns et des autres au hasard des coups de fil. La prochaine étape sera celle des enterrements.

Pascale, la sœur cadette de mon père, est sans doute celle qui manifeste la plus grande énergie à nous réunir. Petite femme délicate à la voix claire et enfantine, insensible aux modes, elle semble sortie d'un dessin de Sempé. Pascale nous invite régulièrement, Clément et moi, dans son pavillon de grande banlieue quand l'un de ses trois enfants, Bruno, Marie ou Lise, s'y trouve de passage. Faute de nous voir accourir, elle prend le RER une ou deux fois par an pour nous apporter à Paris des sacs de noix, des pots de confiture ou des cadeaux pour les petits.

J'ignore si cet intérêt nous concerne réellement, nous partageons si peu. Maintenir le lien dans une famille, c'est d'abord préserver sa place au sein d'un équilibre fait de morts et de vivants.

Certains n'existent qu'adossés à d'autres.

Réduit à un numéro d'écrou pour toute adresse et fonction sociale, Pierre a beaucoup sollicité notre union. Lors de son incarcération, il criait son besoin de nous lire autant que sa joie de nous savoir échanger de ses nouvelles. Dans ce cercle reformé autour de lui, il vivait à nouveau. Cette dynamique a fonctionné le temps de l'émotion, avant de s'éteindre à nouveau. Le drame ne suffit pas à combler de tels écarts de vie.

Notre mobilisation pour Pierre n'a, en revanche, jamais faibli. Depuis l'Angleterre, Paris ou le Grand Ouest, chacun des cousins a fait à sa mesure. Aucun lien du cœur ne résiste à pareille épreuve : notre ténacité à maintenir la tête de Pierre hors de l'eau n'aurait pas trouvé son équivalent pour les plus proches de nos amis, et je ne vois aucune raison de m'en réjouir. L'amour et l'amitié sont des attaches choisies. Elles sont libres et vivantes, nous enrichissent sans nous assujettir. Mais de la pérennité intangible du lien du sang naît sa force : en le protégeant, on se préserve, nous, des coups du sort.

La famille est une contrainte qu'on s'inflige comme une assurance-vie.

Les autorisations de parloir délivrées pour voir Pierre dans les mois suivant le meurtre en témoignent. Seule une poignée sert encore : celles de la famille. Les amis ont déserté au fil des années. Après les soubresauts des différents procès, la tension a fléchi. La lourdeur du système carcéral et l'incertitude de la date de sortie de Pierre l'ont définitivement emporté sur la motivation. Qui peut s'infliger ces visites sans savoir quelle sera la durée de l'épreuve ?

Un jour, au contrôle d'entrée, le surveillant me tend ma fiche, sésame des lieux, à l'énoncé de mon identité. Sur le bristol, une petite femme à lunettes, dans la soixantaine, fixe l'objectif avec sérieux. C'est ma tante, le visage figé dans le temps de l'incarcération de son fils. Le surveillant me regarde, perplexe, avant de réaliser l'erreur commise à la réservation du parloir : Dominique et moi partageons notre nom de jeune fille et je ne l'avais jamais remarqué. On rit tous les deux de ce curieux décalage et il tire d'un immense meuble à tiroirs la liasse de permis de visite de Pierre pour retrouver le mien. Devant moi, reliée par un élastique mou, défile la petite vingtaine de fiches aux Photomaton agrafés. Les portraits se succèdent. Peaux lisses et cheveux noirs.

Sur la mienne, j'ai trente ans, les cheveux courts et, autour du cou, une écharpe rouge offerte par Marion et oubliée dans un taxi depuis. J'ai fait le Photomaton avant une séance de cinéma, frigorifiée par les courants d'air du métro Saint-Michel. Faute d'avoir pensé à baisser la vis du tabouret, je me penche en avant pour tenir dans le cadre. Sourire était autorisé, à l'époque, et je montre toutes mes dents. La série de quatre photos a été prise quelques mois avant le meurtre pour une demande de visa cubain. Celle-ci voyage de maison d'arrêt en centre de détention depuis près de quinze ans.

Les autres visiteurs de Pierre ont payé le même tribut au temps. Je reconnais les visages avec un sentiment d'étrangeté. Mes tantes et mes oncles sont devenus des personnes âgées dans un mouvement silencieux et impossible à admettre pour nous, la génération suivante, précipitée vers le même sort par le spectacle de leur vieillissement. Récemment, Dominique et Werner ont perdu leur autonomie et ne peuvent plus conduire. Leurs visites, autrefois hebdomadaires, sont devenues exceptionnelles. Pour Pierre, le choc est rude. Avec eux, disparaît son rapport le plus nourri au monde et s'impose une menace redoutée depuis son inculpation : leur mort avant sa libération.

Dans une infinie tristesse, cette tragédie a pulvérisé la vie du couple sans provoquer chez eux d'aigreur. Ma tante n'a jamais cessé de nous faire passer ses cadeaux de Noël – des ustensiles de cuisine, toujours, transmis par les paniers franciliens de sa sœur Pascale –, d'apprécier nos coups de fil, de nous remercier pour nos attentions envers son fils. En bonne ingénieure, elle a fragmenté son existence entre cette calamité et ses sources de joie. Cette femme-là ne fait pas dans le pathos. Son mari et elle ont accepté ce fardeau. Ils le portent, voilà tout, épuisant pour cela leurs derniers reliquats d'énergie et les économies d'une vie.

Notre famille est là, réunie en liasse dans un tiroir. Seul l'élastique de l'administration pénitentiaire nous lie encore.

Après cette attaque de panique et ces premiers coups lors du week-end de la Pentecôte, la vie semble revenir à la normale au sein du couple, et même offrir l'espace d'une tentative de rapprochement entre Pierre et Katia.

Cette période reste profondément trouble dans la mémoire de Pierre, mais certaines de ses certitudes y agissent comme des phares. Il parle d'une semaine « merveilleuse » dans le courant du mois de juin où il dit retrouver la femme dont il est tombé amoureux. Katia redeviendrait douce, attentive. Ils reprennent une sexualité restée en berne depuis des mois et leurs disputes s'éteignent.

Le dialogue se renoue autour de choses simples, comme l'organisation de l'emploi du temps ou ces fameux coussins.

Ils sont la cause officielle de ce meurtre.

Héritées d'un vieux canapé, ce sont d'imposantes assises avec lesquelles Pierre jouait, enfant, à construire des cabanes. Il a continué avec ses filles à chaque visite chez ses parents. À l'occasion d'un vaste ménage dans leur sous-sol, Dominique et Werner les lui ont apportés. Seulement Katia y a plutôt vu une manière de se débarrasser de ce qu'elle appelle « leurs vieilles merdes ». Elle trouve ces coussins bien trop encombrants. Ils mettent du désordre dans le salon et elle reproche régulièrement à Pierre de ne pas les ranger. Cette fois, elle semble croire à sa bonne volonté quand il se dit déterminé à être plus rigoureux et à les redescendre au sous-sol quand il s'en sert.

Entre eux, la question est loin d'être un détail ménager. Pierre est profondément attaché à ces coussins, liens directs entre sa propre enfance et celle de ses filles, quand Katia, elle, y voit au contraire la marque du mépris dans lequel on tient son mari.

L'apaisement de ce conflit pourrait apparaître comme un signe d'amélioration de leurs rapports, pourtant, à ce moment-là, Katia semble être déjà en contact avec un avocat. À une collègue de travail, elle dit vouloir « prendre conseil ».

Tout dans la fatigue de Katia et dans la disparition de sa joie de vivre, à l'approche de l'été, dessine le portrait d'une femme dans les prémices de la séparation. En revanche, sa discrétion dans cette démarche surprend. Début juin, elle parle de cette « prise de conseil » à sa collègue de travail, mais pas à ses parents, pourtant très présents dans son quotidien, ni à sa sœur. À celle-ci, elle confiera juste, dans l'un de ses derniers mails, un moral au plus bas qu'elle tente de remonter « en faisant du sport ».

Katia formule d'ordinaire les choses avec aisance. Ce silence inattendu en dit long sur sa probable difficulté à envisager le divorce. La construction de cette femme passe par celle d'une famille. Ses parents sont unis et le drame traversé révélera par la suite la solidité de leurs liens. Dans les valeurs de Katia, le mariage est un cercle d'épanouissement joyeux. En sortir semble une issue trop douloureuse pour être évoquée sans certitude.

Au regard de ces témoignages, la parenthèse enchantée évoquée par Pierre devient la mandragore du pendu. Le rapprochement entre sa femme et lui ressemble aux derniers soubresauts d'un couple voué à se séparer.

Cet été-là suit celui de la canicule et du meurtre de Marie Trintignant. Le ministère de la Santé a lancé une campagne préventive pour appeler à boire régulièrement et à veiller aux personnes âgées. Elle tombe à plat : la pluie et la grisaille règnent.

Pierre et Katia ont prévu des vacances dans le Sud au mois d'août. Comme d'habitude, elle en a géré l'organisation. Quand arrive la fin de l'année scolaire, l'un et l'autre travaillent encore. L'aînée de leurs filles est envoyée au centre de loisirs et la plus jeune reste à la crèche.

Un ancien collègue de travail, désormais installé en Suède, contacte Katia pour leur proposer de les voir. Selon ses mots, Katia « rigole, comme d'habitude », au téléphone. Date est prise pour la soirée du 17 juillet. Katia s'organise. Elle prévient ses parents de cette sortie et leur emmène ses deux filles, à une vingtaine de kilomètres de chez elle, en fin de journée. Il est convenu qu'elle passe les reprendre le lendemain en début d'après-midi.

Ses parents la voient pour la dernière fois.

Quand le collègue de travail arrive au restaurant choisi pour le rendez-vous, il a la surprise de trouver Pierre avec son frère, Ludovic. Katia a renoncé à venir. « Tu connais les femmes », rigole Pierre.

Il me reste peu d'images de Pierre. Les portraits de lui adulte sont toujours pris lors de mariages. Il apparaît costumé, les cheveux très courts, avec ce sourire de sérénité gaie.

Ma préférée est une photo où il est simple figurant. Elle a été prise pour les soixante ans de Dominique. Katia et Pierre sont mariés depuis un an à l'époque. La veille, la France a remporté la Coupe du monde par 3 à 0 face au Brésil. Ma tante nous a réunis dans la maison en pleine campagne où a grandi ma grand-mère. En partant de chez moi à l'aube, j'ai oublié à Paris la bague de fiançailles héritée d'elle à sa mort, et j'ai peur qu'un des cousins s'en rende compte. Cette femme-là a dû nous faire grande impression pour maintenir si forte sa présence parmi nous.

Le déjeuner est vivant. Ma tante a bien fait les choses. En bout de table posent Katia et Pierre. La famille leur va bien. Mon frère est à côté de Garance, sa fiancée d'alors. Ils se sépareront, reviendront l'un vers l'autre, se sépareront à nouveau. Je suis terriblement jeune.

C'est la photo d'un monde d'avant.

Cette maison a connu 14-18 et elle inspire cela : l'avant-guerre, l'avant-drame. 1913 ou 12 novembre, peu importe : un basculement s'apprête à survenir.

J'ignore qui a pris la photo.

Le premier procès de Pierre a lieu plus de trois ans après le meurtre, en 2008.

Les mois précédents, chacun y va de son pronostic. On parle de vingt ans ; on en espère quinze. Cet ancien rugbyman a été condamné à quatorze ans pour avoir abattu la mère de ses enfants à la sortie d'une fête. Bertrand Cantat s'apprête à être libéré, la moitié de sa peine effectuée.

Ça vaut combien, la vie d'une femme ?

La justice doit fixer le prix social de l'affaire : un meurtre, c'est d'abord un désordre dans l'ordre du monde. Dans une logique étrangement inversée, à nos yeux, la durée de la peine sera à la mesure de la gravité du crime.

De la manière dont il a tué Katia et de la mise en scène de la disparition, on ne sait, à l'époque, toujours rien. Pierre est tellement *gentil*. Obstinés à préserver notre monde, nous n'avons pas cherché à accéder aux faits.

Le procès a lieu aux assises de Lyon. Il durera trois jours.

L'essentiel de la famille fait le déplacement pour soutenir ma tante et mon oncle.

Je m'apprête à accoucher. Je ne peux pas les rejoindre. Mon frère le fait pour nous. Il m'appelle le premier soir et le choc du récit est si rude que je dois lui demander de s'arrêter. Il raccroche en me résumant l'affaire : il y a eu lecture de l'autopsie. Seul un fou peut faire ça.

Tôt le matin, deux jours plus tard, Clément passe à la maison, mal à l'aise, dit être venu prendre le café. Je n'ai pas encore la précision du calendrier judiciaire en tête, mais je sais une chose : malgré sa délicatesse, mon frère, jeune papa débordé de travail, n'a pas le temps de s'arrêter chez moi boire le café en semaine. Il me faut ses premiers mots, « j'ai quelque chose de dur à te dire », pour comprendre cette visite inattendue : le verdict est tombé la veille en fin de journée. Évidemment.

Je l'arrête, en panique. Je ne peux rien entendre pour l'instant. Physiquement, je n'encaisserai pas.

Clément respire, soulagé de cette brutale déresponsabilisation. On peut boire ce café tranquillement.

Quelque chose de dur à te dire. Les mots forent l'esprit et dilatent le temps. Ceux-là parasitent mon esprit des semaines durant. Rattrapée au col par une famille viciée, j'en suis venue à espérer une condamnation légère pour le meurtre d'une femme drôle et généreuse. Tout est dit : on n'a reconnu aucune circonstance atténuante à Pierre dans ce meurtre que je juge sans rien savoir, puisque ni ses gestes ni le déroulé des faits n'ont été évoqués dans les mille lettres échangées avec lui. Je lui attribue le maximum, celui des meurtriers purs et durs : vingt ans.

Ma famille joue le jeu de ne laisser transparaître aucune information sur l'état de Pierre. Je lui ai écrit à l'aveugle, en cachant ma méconnaissance des faits.

Trois mois plus tard, un soir, après un verre de vin que je m'accorde à nouveau, je me sens enfin prête. Je devrais appeler Clément, mais j'ai l'étrange impulsion de m'asseoir à mon bureau. Internet a évolué depuis l'incarcération de Pierre. L'idée ne m'était jamais venue, mais peut-être pourrais-je y trouver des informations sur le procès. Pour la première fois, je tape ce nom si familier, issu de mon territoire intime, dans un moteur de recherche.

Et ce n'est pas un résultat qui jaillit, mais cent. Ils s'affichent en titres grand spectacle, écrasés par le poids de la condamnation.

Pierre a pris trente ans.

Ce n'est plus un meurtrier. C'est un barbare.

Face à la sévérité jamais envisagée de la peine, Pierre fait immédiatement appel.

Notre difficulté à nous, proches, amis, parents qui le soutenons dans cette démarche, à entendre cette condamnation traduit notre inaptitude à considérer la réalité sordide du meurtre.

Soyons clairs, notre esprit ne s'y résout pas.

Il faut prendre acte de cette *sidération*. Pendant l'Antiquité, le mot désignait les maladies végétales provoquées par la mauvaise influence des astres. Voilà dans quel état nous nous trouvons alors : notre capacité d'action et de réflexion est anéantie par le renversement de réalité auquel nous faisons face. Notre protection de Pierre tient à l'inaccessibilité du deuil. Nous nous accrochons à cette image du cousin si aimable, à mille lieues du monstre dessiné par cette peine.

Admettre la complexité des choses est un long travail.

Chacun, dans la famille, y viendra à son rythme. Les procès seront autant de soubresauts dans ce voyage ardu où les mains tendues sont rares.

Pour ma part, il me faudra abdiquer un monde manichéen pour enfin attraper à pleines mains l'ampoule brûlante se balançant entre le noir et le blanc.

Aujourd'hui, la vie de Pierre se résume à sa peine. Il a passé son premier appel téléphonique après huit ans de détention et obtenu sa première permission après dix. Les visites se sont espacées au point de devenir quasi inexistantes. Quant aux perspectives d'emploi, les rares échanges positifs tournent court sans explication.

Alors, comment imaginer un avenir ?

Cette mutilation sociale, Pierre est le premier à la formuler avec clarté, et sans plainte. Il dit : « Puisque la société a aboli la peine de mort, quelle place consent-elle à m'accorder ? »

Avant 1981, Pierre aurait été condamné à mort. Il le sait, existe dans ce supplément de vie moisie accordé par l'histoire en se demandant chaque jour quel sens lui donner.

Du reste du monde, il n'attend plus rien. C'est à lui d'œuvrer pour espérer un jour retrouver le simple rang de citoyen. Voter à nouveau, après treize ans d'incarcération, a été sa plus belle victoire. Il poursuit en bataillant pour obtenir une liberté conditionnelle. Interdit d'accès Internet, il multiplie les courriers et les coups de fil en mode kafkaïen. Ces épreuves sont vécues comme une punition supplémentaire à sa condamnation. La société se vengerait de ses gestes par ces humiliations du quotidien, voire chercherait à rendre Pierre fou par l'imprévisibilité des décisions, rarement justifiées. Il en nourrit des crises de paranoïa régulières où il disparaît, mutique plusieurs jours, avant de reprendre contact avec nous.

Car Pierre a raison sur un point : l'administration a peur des détenus de longue peine. Elle redoute les aménagements et renâcle à prendre en charge le retour progressif de ces hommes et de ces plus rares femmes vers la vie civile. La nôtre. Les relâcher dans la nature, c'est assumer les écueils de cette délicate réinsertion et l'éventualité d'une récidive.

Pourtant, Pierre sortira un jour et, d'ici là, chaque pas dehors l'y prépare.

Pour sa première permission, ses parents sont venus le chercher. Puis des visiteurs de prison l'ont accompagné en voiture avant de le laisser seul, à sa demande, aller et venir en train, dans cette excitation propre aux prémices de l'indépendance.

Une ou deux fois par an, Pierre reprend sa liberté de mouvement pour une poignée de jours, et tout l'émerveille.

Ces jours-là, il refuse d'emprunter le bus et préfère marcher pour gagner la gare. La joie de redécouvrir les paysages quand il traverse Riom le submerge chaque fois. Il goûte le plaisir d'une terrasse au soleil ou celui d'un verre de vin avant d'attraper son train.

Dehors, il court, fixe l'horizon. Il déploie son corps comme il ne peut le faire nulle part en prison.

Cette lente préparation à la liberté commence seulement. Pierre a désormais besoin d'un projet professionnel. Avec l'aide de ses avocats successifs, il a rédigé un curriculum où, depuis son incarcération, chaque ligne traduit l'obsession d'occuper utilement le temps. Il lance des démarches pour faire retirer les articles en ligne citant son nom. Dans ces tâches, les mains pour l'aider sont de moins en moins nombreuses. Les amis, les anciens collègues disparaissent, fatigués, sans plus personne pour les remplacer.

La justice punit le crime, le monde punit l'homme. Cette affaire-là relève de l'intime. Un vieil ami de Pierre a affirmé devant la cour lui maintenir une confiance pleine et entière, avant de se tourner vers son box, lui garantissant sa présence le jour où il sortirait. Pourtant, il s'est effacé quelques années plus tard. La naissance de sa fille avait tout changé : les deux orphelines de ce meurtre l'ont soudain obsédé. Pierre évoque cette désertion sans rancœur. Il dit : « Parce que j'ai commis l'irréparable, je dois supporter l'insupportable. » Et cela lui semble juste.

Pierre est nu. Il a perdu son métier. Son adresse est celle d'un centre de détention et son nom, un numéro d'écrou. Son corps résiste par la seule force de sa détermination à coups de musculation militaire. Quant à sa vie sexuelle, elle s'est arrêtée au début des années 2000. Que reste-t-il de l'homme ?

Sa famille, sans doute. Ultimes témoins de celui qu'il a été, nous nous employons à *faire avec* et le regardons dans son entièreté humaine. Cet effort colossal, qui mobilise le corps et l'âme, ne se puise pas dans l'amour, mais bien davantage dans l'instinct de survie.

Aujourd'hui, à ce prix exorbitant, nous sommes les derniers à lier Pierre au monde.

Autour de lui, nous sommes une meute.

La lumière ne sera jamais totale sur les journées du 17 et 18 juillet 2004. Mais le témoignage de Pierre et les éléments de l'instruction en circonscrivent les zones d'ombre à des points précis.

Dans cette affaire, et au fil des trois procès, la question essentielle est celle de la préméditation. La violence extrême des coups portés, dans une organisation parfaite, et la dissimulation du corps qui s'est ensuivie donnent à ce meurtre l'allure d'un assassinat.

Par deux fois à Lyon et une fois à Moulins, les témoignages se succèdent autour de Pierre. Encore une fois, et c'est l'injustice d'une cour, on braque les phares sur le prédateur pour réduire la proie à son rôle de victime.

Le 17 juillet, Katia dépose ses filles chez ses parents en prévision du dîner avec cet ami de Suède. Elle rentre chez elle avant de faire plusieurs allées et venues en voiture, dans ce que sa voisine décrira comme un état de grande agitation.

À l'heure du dîner, « l'ami de Suède », appelons-le Thomas, est déçu de trouver Pierre attablé avec son frère Ludovic, sans Katia.

Aux dires de Thomas, le repas est un pensum. Pierre ne parle que de lui et de ses douleurs de dos. Il se plaint sans cesse, comme le répéteront tous ceux qui l'ont fréquenté durant cette période. Quant à Ludovic, il reste mutique toute la soirée. Ils se quittent vers minuit.

Pierre et son frère, qui habite le centre de Lyon, se séparent dans la foulée. Conscient de la tension dans le couple et désireux de voir ses nièces, Ludovic propose de passer le lendemain. Pierre accepte.

La suite de la soirée est racontée par la voisine de Pierre et Katia. Ses fenêtres donnent sur le jardin de leur pavillon. Katia y reste seule jusqu'à l'heure supposée du retour de Pierre. La voisine évoque entre minuit et une heure du matin des bruits de coups, semblables à ceux que l'on donnerait dans un meuble. Son témoignage évoluera au fil des procès. Des « bruits entendus dans les environs », on passera à des « bruits de coups entendus depuis chez le couple ». Quand l'avocat de la défense l'accusera de témoigner de manière partiale face à un prévenu qu'elle déclare avoir « toujours trouvé antipathique », elle répondra, avec une assurance déconcertante pour une non-familière des tribunaux, « avoir simplement gagné en confiance [en elle] ».

Le lendemain matin, Katia est vue au marché puis passe un coup de fil à onze heures à l'une de ses tantes. C'est son dernier signe de vie.

Si l'on emboîte ces pièces de vérité les unes aux autres, le puzzle tient.

Mais il faut, pour croire à la figure, prêter foi à la parole de Pierre. Lui seul a survécu aux faits.

À cela, la famille de Katia ne peut se résoudre.

« Il faudra bien répondre à ces deux questions, tonne la mère de celle-ci, sans regarder Pierre, lors du troisième procès : pourquoi et comment l'a-t-il tuée ? »

Deux questions auxquelles il ne cesse de répondre pourtant.

La vérité du tueur, grevée par les trous de mémoire et les turbulences du déni, atomisée par l'horreur dont il a été l'artisan, n'est d'aucun poids devant des parents portés par la douleur.

Face à eux, les experts tentent de relayer objectivement le propos. L'ordre des coups, les rapports d'autopsie. Pour l'essentiel – et je mesure l'horreur de ces mots –, tout concourt à un même déroulé des faits.

Mais *pourquoi*, c'est incompréhensible, et *comment*, c'est insupportable.

Alors cette double question se répète au fil des procès, en dernière mécanique de la raison face à une absurdité monstrueuse.

Le 17 juillet 2004, alors que Pierre dîne avec cet ami du couple installé en Suède, l'abrutissant de ses plaintes – au point, témoignera-t-il, de lui avoir fait penser ce soir-là « pauvre Katia » –, j'assiste au mariage tardif d'un frère de ma mère.

Cette fois-ci, ni Claude François ni petit veston provençal. Ces mariés-là ont bien vécu. Ils partagent leur quotidien depuis des années et veulent simplement célébrer, avec les leurs, la joie de s'aimer.

La fête a lieu dans un gîte de station alpine. C'est un repas chaleureux et vivant où l'on prend le temps de discuter, de renouer avec des cousins dont la distance géographique, malgré de vraies affinités, nous tient éloignés. Ici, nos têtes de métèques sont la couleur locale. On danse un peu, on parle non-stop. J'ignore si les mots sont justes, s'ils tapent dans le vrai et dans l'intime, mais ça braille. La nuit est tombée très vite dans la vallée et on ne fait plus que deviner la lumière des stations.

Cette fois encore, c'est sans doute le trait commun à tous les mariages, on boit beaucoup, joyeusement. Et on continue une fois redescendus au village. Les mariés ont loué pour les cousins un immense appartement dans une résidence de vacances familiale. Le raffut pousse les voisins à se plaindre et, dans l'état où nous sommes, ça nous fait beaucoup rire. On ne s'arrête qu'après avoir fini les bouteilles et vidé le dernier paquet de cigarettes. Cette fois-ci, nos chambres sont plus faciles à trouver.

Au réveil, la gueule de bois est fracassante et le soleil, magnifique.

Je prends mon premier café à l'heure où Katia part au marché. La route vers Paris est trop longue pour rester déjeuner.

Nous prenons la voiture alors qu'elle descend à la cave.

Quand nous atteignons Annecy, si l'autopsie dit juste, Katia est déjà morte.

En 2009, un an après le jugement de première instance, la cour d'appel de Lyon confirme la qualification d'homicide volontaire non prémédité et la durée de la peine. Pierre est à nouveau condamné à trente ans de réclusion.

Les témoins de ce deuxième procès en gardent le goût d'une répétition macabre. Pour les parents de la victime, c'est une épreuve de plus. Puisque la vérité sur la mort de leur fille semble devoir être débusquée dans l'agencement des coups, on leur inflige une seconde fois les multiples lectures d'autopsie.

Ce meurtre est un calvaire qu'on ne cesse de hurler à leurs oreilles.

Pour les parents de Pierre, cette obstination judiciaire a un autre sens. Ils en sont le moteur : leur fils ne prend plus aucune décision seul. L'entrée en prison est une mise sous tutelle. Pierre signe l'abdication de ses droits parentaux et perd ses droits civiques. Son compte en banque finance mois après mois les réparations dues aux parties civiles. L'existence sociale de Pierre est désormais prise en main par d'autres et, en premier lieu, ses parents.

Sa première phrase d'inculpé a été : « J'assumerai mes responsabilités », et c'est en réalité impossible. L'individualité repose sur un entrelacs de liens. En apprenant la confirmation de la peine de Pierre, ses parents la refusent à nouveau. Et, désormais, le temps presse. Car, quand il sortira de prison, Pierre aura tout à réapprendre, dans des perspectives de vie et d'avenir fondamentalement altérées. Or, Dominique et Werner ont, à l'époque, près de soixante-dix ans. Si rien n'est fait pour alléger cette peine, à la libération de leur fils ils seront morts. Alors, que faire ?

Seule reste l'opportunité de la cassation. Dernier recours dans la juridiction française, elle a pour fonction, selon les textes, « de prononcer l'annulation des décisions de justice prises en méconnaissance de la loi ».

Il faut trouver un vice de forme dans le dernier jugement. Les parents de Pierre mobilisent leurs espoirs et sacrifient leurs dernières économies : la démarche est lourde et coûteuse.

Un pourvoi en cassation est formé et le dossier, présenté à un avocat aux conseils, seul habilité à cette expertise. Dans le compte rendu de procédure, celui-ci trouve une faille : la question de la préméditation a été posée aux jurés sans avoir été évoquée durant les débats. Le jugement est cassé et l'affaire, renvoyée devant une nouvelle juridiction.

Le troisième procès de Pierre s'annonce.

Ce dimanche 18 juillet 2004 commence dans la tension.

Si l'on en croit Pierre, la veille, Katia a refusé de le suivre au dîner qu'elle avait elle-même organisé et dont elle semblait se réjouir. Elle part faire le marché tôt, tandis que Pierre dort encore, et rentre pour reprendre les perpétuels travaux dans la maison.

Dans la mémoire nébuleuse de Pierre, il est question d'une tringle à rideaux qu'il faut peindre. Katia lui aurait demandé de faire des essais de teinte avant d'en valider une.

La reconstitution de la suite procède de flashs. Quand il s'agit de la raconter, Pierre, unique témoin, plonge dans une torpeur, réelle ou mise en scène. Les expertises scientifiques sont nos seules certitudes.

Ce que Pierre, lui, consent à dire à la justice et à la famille de Katia, au deuil corrompu par l'ignorance des faits, tient à peu de chose : le motif. Mais un motif si dérisoire qu'il en devient invraisemblable pour un individu rationnel.

Pierre aurait tué pour des coussins.

La scène se passe au sous-sol de la maison. Nous sommes au début de l'après-midi. L'autopsie dira que Katia n'a pas mangé. Selon Pierre, elle est en train de laver les ustensiles utilisés pour repeindre cette tringle à rideau quand elle l'appelle. Il dit ne pas se rappeler pourquoi. Comme il ne se rappelle pas avoir mangé. L'analyse toxicologique dira en revanche qu'il a bu deux verres de Martini.

Les objets qui vont servir à tuer Katia sont réunis dans la pièce. Il y a, dans le stock de vieille ferraille posé dans un coin, une barre de fer. La fameuse matraque électrique est laissée sur l'établi, à côté du couteau destiné aux finitions de peinture.

Pierre descend au sous-sol, donc, et ses souvenirs redeviennent très précis.

Face à l'évier, Katia lui tourne le dos. Elle annoncerait sans préambule son intention de jeter les coussins. Sa décision de les apporter à la déchetterie est prise.

Dans l'esprit de Pierre, c'est l'explosion. Comme il en témoignera mille fois, il entend simplement : « Tu ne vaux rien. »

On peut spéculer sur la scène qui suit cet échange, mais, là encore, seules les expertises font foi.

Pierre attrape la barre de fer.

Katia ne se retourne pas.

Il va frapper deux fois son crâne. Elle crie : « Qu'est-ce que tu fais ? Qu'est-ce que tu fais ? » et s'échappe. Elle contourne une table, tente d'atteindre la porte quand il la rattrape et la fait tomber à terre. Il s'agenouille sur elle, la contraint de tout son poids. Il saisit la matraque électrique et la paralyse avant de l'étrangler de ses mains.

Katia résiste et se débat. Pierre lâche son cou pour prendre d'une main le couteau posé sur l'établi. Elle le repousse, se coupe les doigts sur la lame. Il force sa résistance et lui tranche la carotide.

De ce geste qu'on lui demandera de reproduire au procès, Pierre dira, en balayant l'air d'une arme imaginaire : « Il n'y a pas quinze manières de le faire. »

Carotide, du grec *karôtikos*, « soporifique ». Qui endort pour une mort certaine.

Les faits sont là. Pierre est devenu un criminel. Katia est morte.

Sur les éléments matériels, la lumière semble faite. L'affaire se présente au monde dans une transparence à peine altérée par les pertes de mémoire de Pierre.

Seule une question fondamentale reste posée, c'est celle de la préméditation.

Quand la volonté de tuer naît-elle dans l'esprit de Pierre ?

Il ne s'agit pas, ici, de coups et blessures. Pierre est armé. Que le but soit clair dans son esprit ou non, il frappe sans laisser aucune chance à sa victime.

Juridiquement, le Code pénal définit la préméditation comme « le dessein formé avant l'action de commettre un crime ou un délit déterminé ».

Là encore, tout est dans le mot : « préméditer », soit méditer une action avant de la réaliser.

Mais comment déterminer cet *avant* ? Faut-il chercher dans les mois précédant le premier coup ? Dans les jours, les minutes ? Parle-t-on tout bonnement de préméditation dès lors qu'on a eu conscience d'être en train de tuer ?

Dans le cas de Pierre, cette explosion de violence semble difficile à intégrer dans un schéma réfléchi et anticipé.

Pourtant, deux points étayent cette hypothèse : la logique redoutable de l'ordre des objets utilisés dans ce meurtre et le comportement singulier de Pierre dans la suite des faits.

Il y a d'abord cette barre de fer tirée d'un amas de vieilles affaires réunies dans un coin du sous-sol. Vient ensuite cette fameuse et surprenante matraque électrique à propos de laquelle tout semble avoir été dit. Pierre l'a achetée deux mois plus tôt à la suite d'une succession de cambriolages dans le quartier et ne s'en sépare plus, même la nuit, car ils dorment la fenêtre ouverte. Il précise la garder au pied de son lit, dans un sac à dos avec son permis de conduire et ses clés de voiture. Pierre assure ne jamais l'avoir essayée, mais avoir su l'utiliser intuitivement. Il dit : « C'est malheureusement assez simple. » Quant au couteau, le jour de la découverte du corps, Pierre montre aux officiers de police, avec un détachement qu'ils qualifieront de singulier, où se trouve sa place sur l'établi.

Le comportement de Pierre présente davantage de zones d'ombre.

Durant l'hiver 2009, lorsque la date du troisième procès est fixée, Pierre est incarcéré depuis cinq ans et je suis encore mariée.

Ce procès est celui de la dernière chance. Les témoins se sont relayés par deux fois sans parvenir à faire exister Pierre autrement que par son meurtre.

Je me propose de parler de l'homme que j'ai connu.

Ma tante et mon oncle ne m'interrogent pas sur ce que je compte dire, mais accueillent cette main tendue avec une émotion et une chaleur inédites. Elles me font mesurer l'étendue de leur solitude.

À l'exception de rares intimes, elle est la mienne dans cette démarche. Le fait divers est un repoussoir et mon cousin, un tueur de femme. Qui voudrait s'encombrer de ça ? J'ai moi-même tant de mal à remplir ce rôle que je me trompe en me présentant dans mes courriers au palais de justice comme témoin de la partie civile.

Le procès quitte Lyon pour Moulins, dans l'Allier, afin de permettre à l'affaire d'être rejugée dans un nouveau tribunal d'assises.

Je suis convoquée le premier jour, sans pouvoir être assurée de l'heure de mon passage, et espère pouvoir repartir le soir même. Le tribunal est à trois heures de train : je dois réserver un hôtel pour arriver la veille. Je choisis le plus éloigné du tribunal pour limiter le risque de me retrouver avec la famille de la victime.

Quelques jours avant ma convocation, je m'arrête en bas de chez moi acheter un cocktail anti-stress. Je n'ai jamais pris d'antidépresseurs, j'ai peur d'être assommée. J'évoque une épreuve pénible à affronter à la pharmacienne avec qui je plaisante si souvent au hasard de mes visites : elle rit de mes mille heures de pratique en auto-école. Sans m'en demander davantage, elle croit me précéder en me proposant avec bienveillance son surnommé « kit permis de conduire » homéopathique. J'attrape les petits tubes, sceptique. Elle me salue avec un grand sourire, levant le pouce en l'air. « Vous allez l'avoir, cette fois, je suis sûre. »

Dans le crime de Pierre, l'horreur commence au premier coup pour ne plus prendre fin.

Le dimanche où Katia meurt de sa main s'écoule pour lui dans une torpeur dont il ne sortira jamais complètement pour évoquer les faits.

Cette amnésie tient-elle du réel, du déni ou de la stratégie ?

Une chose est sûre : Pierre ne souhaite pas se rappeler.

Faisons court. Il se retrouve face à cette femme qu'il a transformée en cadavre. Cette réalité, ne cessera-t-il de répéter, lui est intolérable. Il décide donc de la faire disparaître. Il trouve de la ficelle. Ligote ses mains à ses pieds pour, précisera-t-il, la déplacer plus commodément sans se blesser le dos. Il parvient à la glisser dans un sac dit, selon les témoignages, « de poubelle » ou « de chantier ». L'affaire faite, il la stocke dans un coin du garage comme on remise du bois et traîne des palettes pour dissimuler le corps.

Il nettoie chacune des armes du crime avant de les replacer. Il remonte les coussins et efface les taches de sang qui s'y sont imprégnées avant de les reposer dans le salon.

Il prend une douche. J'ignore ce qu'il fait de ses vêtements.

Et il se recouche.

Il neigeait quand je suis arrivée à Moulins.

La gare est plantée à une centaine de mètres du centre.

Je rejoins l'hôtel à pied. Il a le confort de son prix et, je le découvre, est intégralement occupé par des ouvriers de chantier. Un panneau dans les escaliers invite à ôter ses chaussures de sécurité avant de monter dans les chambres. La décoration de la mienne date des années 1950. J'allume la télévision et gobe un par un les tubes du kit permis de conduire avant de rouler un pétard. Comme une vieille ado, je brûle tout le shit apporté pour ne rien avoir à jeter demain avant la fouille du tribunal. Je m'endors, défoncée, d'un sommeil sans rêve devant une téléréalité de M6.

Un vacarme de canalisation à l'intensité d'une catastrophe nucléaire me réveille brusquement à cinq heures du matin.

Les ouvriers embauchent.

Le 18 juillet, les parents de Katia appellent Pierre en fin d'après-midi. Ils s'étonnent que leur fille ne soit pas venue récupérer les petites.

Pierre dit s'être endormi le temps d'une sieste pour se réveiller sans trouver Katia. Ses baskets manquent, ajoute-t-il : elle a dû partir courir.

Quand ils rappellent une heure plus tard, il n'a pas davantage de nouvelles à leur donner et cette absence commence à les alerter. L'arrivée de Ludovic, le frère aîné de Pierre, prévue depuis la veille, interrompt le coup de fil.

Celui-ci rapporte avoir trouvé Pierre sur la terrasse, l'air absent, traquant l'horizon des yeux comme s'il y cherchait quelque chose. Ensemble, ils évoquent plusieurs explications au retard de Katia. Devant la tension visible de son frère, Ludovic, magnétiseur à ses heures, lui propose une séance d'imposition des mains à laquelle Pierre se prête.

Il faut attendre l'arrivée des parents de Katia désormais inquiets, vers dix-neuf heures trente, pour commencer les recherches.

Pierre est pris en charge dans leur voiture. Il indique les endroits où Katia a coutume de courir et leur signale des massifs susceptibles d'avoir provoqué sa chute. Ce sont les parents de Katia qui descendent pour fouiller chaque lieu, traquant la moindre trace de leur fille. Pierre ne manifeste aucune émotion et demande que la voiture roule au pas pour épargner son dos.

Les recherches se poursuivent jusqu'à vingt et une heures trente, heure à laquelle la mère de Katia appelle le commissariat local pour signaler sa disparition.

Pierre rentre dormir chez lui.

L'attitude de Pierre après le meurtre pèse lourd dans la radicalité de ses deux premières condamnations. Elle fait aussi la singularité de l'affaire.

Pierre tue avec une violence extrême, dans une organisation mortifère parfaite, dissimule le corps et assiste à la suite des événements en simple spectateur.

La distance manifestée le jour de la découverte du cadavre a marqué les officiers de police. Et reste un traumatisme pour les proches de Katia. « Il n'a jamais semblé inquiet », répètent-ils.

À cela, la réponse de Pierre est sans appel : c'est précisément en se montrant inquiet qu'il aurait agi en manipulateur puisque lui savait tout.

Il dit ne pas avoir eu peur d'être découvert durant les recherches. L'acte commis est irrecevable par sa conscience : caché, il n'existe pas. Les trente-six heures suivant le meurtre se sont déroulées dans un présent immédiat dont Pierre prétend n'être jamais sorti.

Comme exempt de tout lien avec ce cadavre désormais dissimulé dans un coin de son sous-sol, il aurait simplement cherché à le soustraire aux yeux du monde, et en premier à ceux de ses proches.

L'impossibilité des parents de Katia d'accepter cette attitude marque un point de rupture. Pierre est inconcevable en meurtrier : l'image n'entre pas dans leur lecture du monde. Son absence d'angoisse, en revanche, lors des recherches de Katia, alors que leur panique est au plus fort, les choque encore des années plus tard quand ils la relatent au tribunal. Cette indifférence est le dernier cran de leur approche du Mal face à cet homme qu'ils répètent avoir considéré comme leur fils.

Leur route s'arrête là.

Déterminer quand Pierre a basculé dans l'irréel, quittant les valeurs humaines et communautaires, c'est l'enjeu des procès, mais aussi sa propre interrogation depuis son arrestation.

Lors de son incarcération à la prison Saint-Paul le lundi soir, on trouve sur les genoux de Pierre des plaies profondes taillées la veille, en déplaçant le corps à quatre pattes. Elles nécessitent des soins. Pierre dit découvrir ses blessures en même temps que le personnel pénitentiaire, comme si sa propre chair avait été désertée.

Le matin de mon témoignage, j'étais défoncée.

J'avais l'esprit troublé par le shit de la veille et le manque de sommeil.

La peur mobilisait tout le reste.

J'en ai connu toutes les variantes : celle de plaire ou déplaire, de rater, de manquer. À force de la côtoyer dans toutes ses déclinaisons, j'ai appris à en faire un moteur. Elle habite mes choix, certains faits sous son joug, d'autres, au contraire, pris en raison du simple besoin de m'en émanciper. Mais la peur en ouvrant les yeux ce matin-là m'était inédite : elle portait la honte. Dans un fait divers, la différence entre la partie civile et la défense tient sans doute à cela : la haine en moins, la honte en plus.

J'ai pris une douche éclair : la salle de bains était décatie, du genre à abriter des nids de blattes. En lançant l'eau chaude, j'ai provoqué à mon tour le bruit de plomberie qui m'avait réveillée. M'habiller ne m'a pas pris plus de temps : j'avais choisi mes vêtements, neutres et noirs, depuis plusieurs semaines. Je les ai jetés en rentrant à Paris.

Dans la salle du petit déjeuner, les derniers ouvriers finissaient leurs tartines. Je me suis assise sur le côté, seule femme parmi eux. Les regards se sont braqués sur moi. Et j'ai trouvé ma présence, là, à l'aube, dans ce putain d'hôtel de chantier à Moulins pour assurer la défense d'un tueur de femme, parfaitement incohérente.

Il faisait un froid polaire et le jour n'était pas encore levé quand j'ai traversé la ville.

J'ai retrouvé ma tante et mon oncle au café face au tribunal. Sa recette, comme celle de tous les commerces du coin, tenait au cours de la justice. Le serveur a évoqué le procès en nous servant nos expressos. Il a rigolé : « Ce matin, c'est un gars qui a tué sa femme. Il paraît qu'il s'est bien lâché. »

Mon oncle a haussé la voix pour répondre : « C'est mon fils. »

Dans ses accès de provocation, son accent allemand est plus fort.

Le serveur, liquide, a remballé son plateau pour nous laisser face à nos cafés.

J'ai regardé mon oncle et ma tante, parents d'un meurtrier depuis sept ans. Cette condition-là se digère lentement. Ça tombe bien : la justice n'est pas pressée.

Au départ, il y a les mots.

Ceux de la justice sont sophistiqués au point de frôler, pour certains, le déni de démocratie. Pour d'autres, ils appartiennent, au contraire, au cérémonial lui assurant sa force solennelle.

Le milieu se découvre dans son champ lexical écrasé par le poids de l'histoire, incompréhensible pour celui ou celle qui, bonheur à lui, y sera resté étranger.

Ces termes-là ponctuent les titres des quotidiens, formulent les scandales, semblent créer le matériau de la vie publique, et sont pourtant méconnus par la plupart.

Revenons aux bases.

Les hommes et les femmes auxquels le justiciable doit faire face sont des magistrats qui se répartissent entre siège et parquet.

Les magistrats du siège instruisent l'affaire et la jugent, *assis* donc, soit, dans le cas présent, le juge d'instruction et le président du tribunal.

Face à eux, les magistrats du parquet, ou ministère public, histoire de varier les plaisirs, en tirent les conclusions en plaidant *debout*. Ce sont le procureur et ses avocats généraux qui, pour simplifier l'affaire, n'en sont pas, et dont la fonction est de garantir les intérêts de la société en préconisant, en principe, des peines lourdes.

La gestion de l'espace fait sens elle aussi. À gauche de la salle, la partie civile. À droite, du côté du box de l'accusé, la défense. Les journalistes, eux, se placent au gré des salles de tribunal, généralement du côté des plaignants.

Les termes de la justice française sont trompeurs. Ils avancent masqués d'une apparente simplicité. On ne trouve aucune sophistication dans les mots « siège », « parquet », « partie civile » ou « mise en examen ». L'assemblage des syllabes rapporterait peu au Scrabble et leur musique sonne familièrement à l'oreille. Seulement il faut d'abord oublier le sens du mot pour en pénétrer l'image.

Petite, je joue avec la fille de ma nourrice. En plein mois de décembre, on court dans sa rue de petit quartier pavillonnaire, jouant à fuir King Kong. Arrivée saine et sauve, ouf, je me réjouis : on a eu chaud. Non, me répond Séverine sans comprendre, on a eu froid.

Accéder à la polysémie, c'est un avantage de puissant.

Ici, on juge en postulant la clarté d'un monde auprès de justiciables pour l'essentiel ignorants de ses codes. À eux de faire avec et de composer leur propre compréhension de ce monde auquel se suspend leur sort.

Mais, paradoxalement, là où la vertu même de la fonction judiciaire semble trouver ses limites, c'est dans son incapacité à exprimer clairement son rôle. Alors qu'elle œuvre exclusivement pour l'harmonie sociale, dans une approche évolutive du Bien et du Mal, chacun est tenté de lui réclamer l'apaisement de sa propre douleur.

Au fil des procès, Pierre n'a cessé d'utiliser le prétoire comme un espace thérapeutique où il pourrait comprendre le sens de son geste. Il y a donné sa version, l'opposant à celle des autres, à la manière d'un débat.

Ses parents, accablés par l'atrocité des faits, ont cherché à diluer sa responsabilité. Les coups ont été divers et rarement nobles : le comportement de Katia, la douleur de Pierre trop peu entendue, le mélange alcool-médicaments susceptible d'avoir irrigué sa violence… Pour échapper au poids de la culpabilité, toutes les issues de secours ont été empruntées, aboutissant le plus souvent dans le vide.

Quant à la famille de la victime, elle a attendu, elle, dans une dignité remarquable, une réparation impossible. Des jours de procès durant, ils ont espéré une lumière blanche et nette sur toutes leurs interrogations, une vérité porteuse de sens dans la mort de leur fille. De cela, ils n'auront eu que les miettes.

Comment se contenter de coussins pour expliquer le drame de leur vie ?

La justice est une étape du deuil, mais ne peut y être cantonnée. Elle travaille pour la défense, pour les victimes, mais aussi et surtout pour les autres, le public, le cafetier d'en bas, pour ceux qui ignorent l'odeur du sang.

Elle travaille pour ceux qui ne connaissent ni la honte ni la haine, précisément pour qu'ils n'aient à découvrir ni l'un ni l'autre.

Le lundi matin, les parents de Katia reviennent tôt. Quand ils arrivent, ils trouvent les volets fermés. Ils pensent d'abord Pierre parti seul poursuivre les recherches, mais, à force d'insistance, le réveillent.

Pierre dormait.

Dépassant leur surprise, ils fouillent la maison de fond en comble, imaginant cette fois que Katia a pu se cacher chez elle.

À la cave, son père aperçoit un grand sac de chantier derrière une palette et hésite un instant à l'ouvrir avant de renoncer.

Jamais, diront-ils plus tard, et ce malgré l'étrange comportement de Pierre, ils ne l'ont envisagé lié à cette disparition. À ce moment-là, ils imaginent plus facilement leur fille cachée toute une nuit dans sa propre maison que leur gendre dangereux.

Comme la veille, ils reprennent la voiture et parcourent les chemins dont Katia est coutumière quand elle court.

Cette fois encore, Pierre se plaint des cahots de la route et de ses douleurs de dos. Et surtout, il a faim. Pierre veut un petit pain. Il réclame qu'on s'arrête dans une boulangerie. Et quand, enfin, le père de Katia accepte de faire un détour par le centre de la ville pour lui laisser le temps d'acheter un pain au chocolat, Pierre le remercie en lui donnant une accolade. « Ne t'inquiète pas, on va la retrouver ta fille » sont ses mots.

Il est l'heure de l'embauche et Katia ne se présente pas à son travail.

Alertée, sa sœur cadette, Myriam, quitte le sien pour se joindre aux recherches. Elle appelle en vain les hôpitaux et les hôtels de la région.

Au commissariat local, la disparition de Katia est désormais déclarée « inquiétante ». On envoie un hélicoptère survoler les hauteurs de la ville pour chercher son corps. Les parents espèrent une blessure qui l'aurait immobilisée. C'est la dernière hypothèse envisageable dénuée de gravité.

La tétanie succède à l'hyperactivité des premières heures de la disparition.

Myriam demande à parler à l'officier de police en charge de l'enquête. Elle aurait des doutes quant au mari de sa sœur, Pierre. L'homme aurait déjà fait preuve de violence. Katia lui aurait une fois confié sa peur.

Pierre fait sans doute l'aller-retour à la garderie pour récupérer sa fille aînée puisqu'elle se trouve chez lui au moment de l'arrivée de la police.

Selon les officiers présents qui en témoigneront à son procès, l'homme ne manifeste ni surprise ni réticence à les laisser rentrer. Il accepte la perquisition et signe le PV. Il demande juste que sa fille soit prise en charge.

Les recherches sont rapides.

Au sous-sol, les policiers entrevoient un sac de chantier coincé derrière une palette. L'odeur les alerte. Ils le dégagent et demandent à Pierre s'il sait ce qui s'y trouve. Il répond : « De vieux vêtements. »

Une incision est pratiquée. La police y trouve le cadavre nu et ensanglanté d'une femme pieds et poings liés par de la ficelle.

Pierre, pour la première fois, joue l'étonnement.

J'ignore où sont passées les filles de Pierre.

Le samedi 17 juillet, Katia les confie le matin à ses parents en prévision du dîner auquel elle ne se rendra finalement pas. Le dimanche après-midi, son retard à les récupérer alerte ses parents. Ils appellent une première fois.

À l'époque, les téléphones fixes résonnent encore entre les murs des salons. Le portable de Katia doit être coupé ; il n'est nulle part évoqué. Les appels sur le numéro familial vont scander les phases de recherches.

Les grands-parents ramènent-ils les filles avec eux le dimanche soir pour commencer les recherches ? Il semblerait que oui, à ce qu'en rapporte Ludovic, le frère de Pierre. Lors de son témoignage au tribunal, il a cette délicatesse que je ne lui connais pas pour évoquer la scène. Quand on lui demande s'il a souvenir des coussins ce soir-là, alors que Pierre et ses beaux-parents fouillent les alentours, il répond : « Je sais quelle place ces coussins ont tenue dans ce drame. Mais oui, je me rappelle avoir joué avec les filles et les coussins. »

Ces coussins sont à nouveau brandis dans le déroulé de la journée du lendemain. À cette étape du récit, ils deviennent même les seuls supports à l'évocation des enfants. Pierre, perdu dans le désert de son amnésie, s'appuie sur le souvenir d'avoir joué avec sa fille aînée pour en déduire être allé la chercher à la garderie le lundi soir.

C'est une chance d'ignorer comment gérer deux petites filles de cinq ans et dix-huit mois en l'absence subite de leur mère. Pour les parents de Katia, cette question a été la première d'une longue série.

De ces deux jours, Pierre se rappelle les recherches et son impossibilité à avouer les faits, comme s'ils étaient dissociés de lui, mais n'a aucun souvenir de ses enfants.

Si l'on se réfère au témoignage de Ludovic, on peut imaginer que les parents de Katia ont ramené les filles chez elles le dimanche soir et les lui ont laissées quelques heures, le temps des recherches.

Où ont-elles dormi ? À nouveau chez leurs grands-parents, à une vingtaine de kilomètres de là, ou dans la maison où était caché le corps de leur mère ? Ni Pierre ni ses parents ne se le rappellent. En les interrogeant, comme d'autres membres de ma famille, treize ans plus tard, je suis frappée par les lacunes et les approximations qui demeurent dans le récit des faits. Faute de parvenir à s'y confronter, chacun s'est inventé sa propre histoire.

Je finis au bout de plusieurs mois par appeler Ludovic. J'ai prétendu pouvoir me contenter de son témoignage au tribunal sans l'encombrer de mes questions, et je veux pouvoir poursuivre l'écriture librement. Seulement ce point m'empoisonne. Et je me décide à composer le numéro de ce cousin si éloigné de moi que trouver son contact dans mon portable me surprend. Malgré sa cinquantaine, ses cheveux gris et son allure de Paco Rabanne au RSA, il demeure à mes yeux le punk bassiste. La grande douceur de son accueil me surprend. Et sans mise en scène, ni de lui ni des faits, il remplit les blancs de ce récit.

Ludovic revient le lundi après-midi chez Pierre et Katia. Pierre et ses beaux-parents doivent reprendre la voiture pour poursuivre les recherches. La cadette a été confiée pour la journée, mais l'aînée est là. Ludovic joue avec elle et continue à s'en occuper avec Pierre à son retour.

À l'arrivée de la police, Pierre analyse la situation dans une parfaite logique et sans émotion apparente : si les officiers sont là, ils vont découvrir le cadavre. Il faut donc mettre sa fille à l'écart de la perquisition. Il demande à Ludovic de l'emmener goûter en ville. Ce sera son cadeau d'anniversaire.

C'est sa seule requête avant d'autoriser la police à pénétrer chez lui et sa dernière décision de père.

Quelques semaines plus tard, depuis la prison Saint-Paul, Pierre signera son renoncement à ses droits parentaux.

Il n'a jamais revu sa fille cadette.

Dans la famille, on dit « ce qu'a fait Pierre » ou « ce qui s'est passé ». J'entends parfois « la bêtise de Pierre », comme s'il s'agissait des traces de peinture laissées par un enfant sur un mur blanc.

Pierre, lui, a mis plusieurs années à assumer son acte.

Il y a, dans ce déni, une inclination personnelle alourdie par celle de ses proches : Pierre peine à reconnaître cette part monstrueuse autant que sa famille se refuse à la lui allouer.

Même si, dès ses premiers courriers, il évoque son crime et son regard sur le monde vrillé par la conscience de son geste, durant les deux premiers procès il n'aura de cesse d'accabler sa victime.

Lui prétend avoir voulu exprimer son ressenti et raconter à la cour sa perception de Katia distordue par la souffrance. Il parlait de lui, dit-il, et on le voyait cracher sur elle.

Ses avocats l'aident peu. Ils évoquent des stratégies de défense quand lui, atomisé par les hypnotiques, surnage dans les méandres de sa culpabilité et de son identité dissoute.

À la barre, ses parents, Dominique et Werner, se défendent. Ils énoncent les valeurs transmises à leur fils, tâchent de rappeler leurs meilleurs souvenirs familiaux et évoquent le caractère « difficile » de Katia. Quand ma tante sort son témoignage écrit mot à mot, à la manière d'un discours, avant de prendre la parole, le président l'invite à le ranger : « Vous n'avez pas besoin de notes pour nous parler de votre enfant. » C'est faire mine d'ignorer leur peur du faux pas. Lors de son premier procès, Pierre parvient à évoquer la dureté de son père et leur difficile communication. Une gageure pour un homme incarcéré depuis trois ans, connu pour sa difficulté à verbaliser, qui prononce ces paroles, dures, à l'encontre, précisément, des dernières personnes à le soutenir. À peine entendus, ces mots sont pourtant balayés d'une traite par son père. Selon lui, Pierre, déprimé par sa situation, noircirait le tableau d'une enfance idyllique. Marchant d'un pas ferme sur la main si laborieusement posée par son fils pour se raccrocher au ponton, son père quitte la barre en laissant une impression désastreuse.

Ses mots seront repris par l'avocat de la partie civile pour appuyer la condamnation d'une exceptionnelle lourdeur.

Pour Werner et Dominique, la douleur est immense et impossible à interroger. Ma tante s'efforce de minimiser la portée des faits ou d'accabler la victime dont elle ne supporte plus l'éloge. Dans les derniers temps de leur mariage, Katia se montrait désagréable envers ses beaux-parents. Chaque visite était empreinte de tension. Dominique a vu la face sombre d'une femme en désamour. Son approche cartésienne du monde la rend inapte à l'accepter dans sa complexité. Quant à Werner, né avant guerre d'un officier nazi qu'il a passé son enfance à chercher de camp en camp dans une Allemagne dévastée, sa mise à distance semble logique, mais pourrait tout aussi bien le faire passer pour un Asperger non diagnostiqué. Au lendemain de la première condamnation, il rit du dessin en couverture du quotidien local et l'achète pour le montrer à sa famille : il figure Pierre, outils de bricolage à la main, avec ce titre « Un meurtre sponsorisé par Bricorama ».

Comment parler quand on n'a pas appris ?

En prison, l'accompagnement est faible. Il voit un psychologue une fois par mois et cherche avec lui à mettre des mots sur ses émotions et à définir ses actes. Mais Pierre part de si loin : ses progrès sont lents. Devant la télévision, il fuit les thrillers et les films de guerre, incapable d'en supporter la tension. Comme du temps où il était libre, il se réfugie dans des mondes silencieux, celui des animaux et des paysages. Il traque les documentaires sur les grands espaces.

À la prison où on le transfère pour son dernier procès, il est incapable de donner le motif de son inculpation aux autres détenus. Ceux-ci le harcèlent sans plus de résultat et, dans ce milieu où tous ont transgressé l'interdit, ce blocage n'est pas jugé crédible. Ici, la honte n'a pas de sens. Elle ne peut naître, à leurs yeux, qu'à l'ultime échelon de l'ignominie : la pédophilie. Pierre, immédiatement déduit en violeur d'enfant, est passé à tabac la veille de sa présentation à la cour.

Leurs coups ne font pas jaillir les mots : le lendemain, devant nous, à nouveau, Pierre reste muet. Abruti par les médicaments, il a l'allure de ces vieux dirigeants soviétiques réduits au rang de marionnettes brandies pour rassurer le peuple. Il répond par monosyllabes, pleure, parle sans parvenir à porter sa voix. Inaudible, disent les journalistes, tandis qu'il s'effondre « parce qu'[il] a fait du mal aux autres et que, ça [il] ne le supporte pas ».

Quand, avec une grande douceur, le juge lui demande s'il « considère s'être trompé », sous-entendant dans le cheminement qui l'a conduit à ce geste, Pierre, à nouveau, répond à côté. Il parle de ses idées de suicide et de séparation, de ce qui l'en a détourné. Peut-être, pour lui, est-ce une manière de dire : oui, tout valait mieux que ça. Mais ce ne sont pas les mots que forment ses lèvres. Lui dit : « J'ai pensé que ce n'était pas une bonne solution. » Et nous entendons que, à ses yeux, le meurtre de Katia en était une meilleure.

Pierre n'est jamais là où on l'attend et la cour s'épuise sur le chemin cahoteux de sa pensée. Entre le monde et lui, le torrent de ses émotions semble infranchissable.

C'est quand Katia a parlé de jeter les coussins que son cœur a « littéralement explosé ».

« Qu'est-ce que vous avez fait ? » lui demande le juge. Pierre se tourne vers son avocat qui, d'un geste, l'invite à parler.

Et la parole de Pierre devient claire, comme s'il avait soudain besoin de formuler son acte. Il dit avoir pris la barre de fer en passant d'un coup « d'une soumission totale à une explosion de violence extrême ». À l'invitation du juge, il lève la main pour signifier le geste, se met à trembler. Serrant le poing, il donne deux coups d'une barre imaginaire. Lentement.

Puis, sous les pleurs silencieux de la famille de sa victime, il raconte la suite des faits, fermant les yeux pour, cette fois, ne pas perdre le fil de la scène. Katia, assommée, qui parvient pourtant à se relever, à lui échapper en atteignant la porte du garage. Comment il la rattrape, la fait tomber et la traîne à terre pour la ramener au centre de la pièce. Il l'arrime au sol en l'écrasant de son poids.

Mais les mots manquent à nouveau. Le juge les sollicite un à un, respectant les silences.

Pierre raconte l'étranglement, son impossibilité à dire si Katia reste consciente tandis qu'il lui serre la gorge. Il dit ne pas supporter sa grimace et attraper le couteau.

Qu'en a-t-il fait ?

Il désigne sa gorge d'un geste de la main. Muet.

Sur le moment, je comprends ce mouvement comme une nouvelle difficulté à parler. J'y lis des mots qui, une fois de plus, ne sortiraient pas de sa gorge.

Je me trompe.

Treize ans plus tard, la maison est joyeuse.

Elle n'a pas la couleur de la tragédie.

Je la découvre un après-midi de semaine ; je n'y suis jamais venue. Je profite d'une date de parloir avec Pierre pour faire le détour. Mon amie Joséphine m'accueille à Lyon, m'ouvre son clic-clac et joue les chauffeurs avec la bienveillance dont elle est coutumière.

De ces murs-là, je ne connais que l'histoire.

Le GPS de Joséphine nous lâche en quittant le périphérique et une orientation hasardeuse nous fait atteindre le quartier résidentiel par les chemins cahoteux où partait courir Katia et où ont commencé les recherches.

La maison est là, anonyme au milieu de cette rue en pente.

À l'adresse ânonnée par Pierre à son procès se trouve un pavillon typique mariés-deux enfants, un idéal de famille Ricorée. Les volets en pin s'ouvrent sur une route tranquille. Nous sommes aux abords de la ville.

Pierre et Katia avaient acheté le terrain pour le faire construire. Son inclinaison pourtant forte n'avait pas été perçue comme un problème : les parents de Katia étaient bien parvenus à aplanir le leur.

L'esthétique de la maison est surprenante pour un couple de leur âge. Le mari de Joséphine, architecte, à qui j'en montre la photo le soir venu, s'en étonne : c'est un modèle ancien, de ceux dont les programmes de construction fleurissaient dans les années 1980. La moitié repose sur le garage, de plain-pied face à la route, l'autre, ouverte sur un auvent, surplombe un massif fleuri palliant la pente. Il faut emprunter quelques marches pour entrer.

À l'image de Pierre, cette maison est sur le fil.

On croit à un fantasme de vie bucolique, ses fenêtres donnent sur un horizon de barres HLM de la banlieue lyonnaise s'étirant à flanc de coteaux. On s'imagine en lisière de campagne ; on est en pleine zone Seveso, aux forts risques d'intoxication chimique liés aux industries locales.

Le lieu est un rouage entre campagne et périurbain, une illustration parfaite de manuel scolaire de géographie. Ici, on dort la semaine et on vit le week-end. La proximité de l'autoroute permet le déplacement dans tout le sud industriel de Lyon. On travaille dans les laboratoires de Feyzin ou dans les transports à Saint-Priest. Les rues sont désertes les jours ouvrables. C'est sans doute ce qui rend si fréquents ces cambriolages évoqués par Pierre pour justifier l'achat de sa matraque électrique.

Alors que je découvre l'endroit avec Joséphine, un voisin, sans doute alerté par nos allées et venues, se fixe à la fenêtre pour ne plus nous lâcher jusqu'à notre départ. Il veille.

Pierre parle avec distance de cette courte période de leur vie familiale. Le lendemain, face à lui, dans l'étroitesse du parloir, je lui raconte ma visite de son ancienne maison, évoque les travaux faits par les nouveaux propriétaires et cette maudite pente enfin aplanie. Il ne me relance pas. Atone, il semble écouter la vie d'un autre. Dans cette affaire, Katia s'était occupée de tout. De trouver le terrain autant que de négocier le prêt avec la banque et les travaux avec les artisans. Elle avait conçu les plans avec son père et envisagé comment en faire l'essentiel, sans ménager leur peine. Quand, à l'époque, j'ai appelé Pierre pour les féliciter de la naissance de leur seconde fille, son épuisement et son amertume effaçaient sa joie d'être à nouveau père. Sa vie, disait-il, se limitait désormais au transport de brouettes, le privant de temps avec le bébé ou de promenades à vélo. Quant à l'emprunt venu lester leur budget, il n'y comprenait rien. Katia, elle, savait gérer.

Cette maison-là, c'est l'achèvement d'une projection fantasmée. Son anachronisme esthétique révèle l'enracinement du rêve. Les parents de Pierre comme ceux de Katia avaient fait construire pour vivre, élever leurs enfants, voir grandir les générations suivantes et sans doute mourir. Pierre et Katia héritent de cette conception sans l'interroger. Ils viennent d'un monde où la pierre, la brique et le Placo accompagnent. Ce ne sont pas des éléments de troc ou d'investissement, un appartement parisien dont on dit, comme s'il s'agissait d'un sujet de fierté, aux dîners du samedi soir : « J'ai *bien* vendu. » Durant plusieurs années, le père de Katia y consacre ses soirs et ses week-ends. Pierre, on ne cessera de le répéter, rechigne à la tâche.

Car là se situe le malentendu : Katia s'épanouit authentiquement dans un cadre où Pierre, lui, découvre qu'il étouffe.

Lors des différents procès, l'avocate de ses parents a évoqué avec justesse la meilleure copine et la grande sœur rêvée. Katia avait construit sa place et en tirait la courtoisie d'être gaie.

Sa capacité au bonheur a joué dans sa rencontre avec Pierre, mais aussi dans son inaptitude à lire les premiers signes de sa montée paranoïaque. Le cheminement tortueux de la douleur chez Pierre était inaccessible à qui, comme elle, en ignorait jusqu'au point d'entrée.

En me plongeant dans la vie de Katia, dans mes souvenirs comme les témoignages de ses proches, je découvre combien elle trouvait la sérénité dans mes zones de conflit. La famille, le travail, le sport. Sa sœur cadette est la seule à qui elle ait évoqué ses tourments. Quand Katia doutait, elle partait courir.

Avoir trois enfants était chez elle un projet affiché, tout comme son désir de mariage évoqué quelques mois après la rencontre du couple. Pour Katia, la famille n'était pas un terreau à névroses, mais un territoire allié, propice à l'épanouissement personnel. Les seuls dangers, dans ce monde structuré, étaient les freins à la pérennité : la maladie, le chômage… Le péril venait de l'extérieur.

Voilà, à mes oreilles, une langue inconnue. Mes pires peurs sont enracinées en moi. Je redoute le silence et fuis mes angoisses comme autant de cadavres. Il faut du bruit pour recouvrir tout ça. Je les étouffe à force de mots, de corps et d'excès en tout genre, évolutifs selon l'heure du jour. Du bien lourd pour dormir, du bien speed pour me réveiller. Mon organisme a longtemps été une machine programmée pour tenir la route. Encaisse, s'il te plaît, il te reste tant de choses à faire. Je teste les nouvelles thérapies, comme d'autres les chocolats, pour vivre mieux et davantage, mais rien n'y fait puisque le temps presse et que je mourrai un jour. Les enfants doivent en domestiquer l'idée ; j'ai raté l'étape. Partout, je suis en retard, obsédée par ces quelques pelletées d'existence à rajouter dans ces si petites minutes qui deviennent des heures. Je les noie de projets, de lignes à écrire et de peaux à découvrir. Je m'épuise à traquer ce supplément de souffle, il y aura toujours plus à vivre et si peu de temps.

Comment faire puisque, forcément, tout s'arrêtera sans que j'aie fini ?

Trouver le bonheur dans la répétition et la tranquillité du quotidien m'est aussi étranger qu'une respiration inversée ou une dyschromatopsie.

Katia, à mille lieues de mon essoufflement, vit dans l'intensité du présent. Elle est une femme curieuse de nous : le monde commence à sa porte. Elle adore raconter ses voyages comme écouter le récit des nôtres et ponctue ses phrases d'un grand rire franc. Sa vie et l'histoire qu'elle porte lui conviennent. Là est l'image que, moi, je garde d'elle.

On mesure aux témoignages des dernières semaines de sa vie, dans ses confidences à ses proches, combien le divorce a dû être envisagé en dernier recours. C'est la rupture avec un idéal et avec un homme.

À l'arrivée de Pierre dans la vie de Katia, ses sœurs avaient été surprises. Elles racontent ne pas avoir compris pareil enthousiasme. « Elle en était folle et on ne voyait vraiment pas ce qu'elle pouvait lui trouver », voilà leur phrase.

L'attirance de Katia pour cet homme *a priori* quelconque se puise peut-être justement dans sa fragilité. Elle était curieuse de tout. La sensibilité de Pierre paraissait un beau complément à son énergie.

La séparation du couple semble avoir traîné des années pour s'accélérer dans les dernières semaines.

Leur histoire s'ouvre en harmonie : Pierre, faute de situer ses désirs, prétend s'être contenté de suivre ceux de Katia comme on suit la lumière. Ils trouvent ensemble leur équilibre entre vie de couple et construction familiale. Puis leurs relations se ternissent. Le chantier de la maison d'abord, la naissance du second enfant ensuite créent les couleurs d'un tableau où Pierre étouffe. Les germes de la discorde sont semés. Le couple commence sa lente agonie qui devrait s'achever, pour les normatifs auxquels j'appartiens, devant un tribunal d'instance et non dans un commissariat.

On ne saura jamais comment Katia aurait, elle, raconté l'histoire de son couple. En revanche, elle confie à ses intimes – une amie du travail et l'une de ses sœurs – sa tristesse. Celle-ci résonne dans ses derniers mails. Son mari ne la désire plus. Il rejette son corps abîmé par les grossesses.

La sexualité est un repère puissant dans le couple. Pierre n'avait pas d'expérience quand il a rencontré sa femme. Elle, si. Elle a été son guide et sa seule référence. L'envie s'est étiolée entre eux au fil des années, pour mourir franchement lors de la seconde grossesse de Katia. Chacun rejette la faute de cette disparition sur l'autre au point de faire des retrouvailles sexuelles le point d'orgue de cette semaine « merveilleuse », selon le discours de Pierre.

À l'époque, ils ne se sont pas touchés depuis des mois. Le désir renaît soudain et, à entendre Pierre en parler, béat, il s'apparente à la dernière érection du pendu. Entre eux, tout redevient possible. Katia est à son écoute, elle accepte les coussins. Ils font à nouveau l'amour ensemble et le plaisir est encore plus grand qu'au début de leur couple.

Où est la vérité dans ce récit ? Peut-on même en espérer une dès qu'on évoque un rapport humain ?

Ce ressenti aux accents extatiques ressemble à une fabrication fantasmée. Mais, dans ce récit, flotte le parfum du lâcher-prise propre à l'abdication : puisque l'affaire est perdue, que ce mariage a définitivement pris l'eau, alors abandonnons-nous. Katia retrouve du désir au moment où elle prend conseil auprès d'un avocat. Elle évoque un rendez-vous à la rentrée dont on ne trouve nulle trace.

La décision de Katia était-elle prise ? Cette question, répétée au fil des trois procès, ne change pourtant rien.

Car il y a la cour, le tribunal, ses juges et il y a la réalité d'un couple. Quand l'épuisement se profile, combien faut-il de temps pour brandir la menace du divorce ? Que le mot ait été prononcé, il y a peu de doutes. Que la décision ait été ferme, c'est une autre affaire, car, dans les faits, seule la signature des documents aurait avéré la détermination de Katia.

Actée ou non, cette séparation existe déjà dans la conscience de Pierre. Et, ce dimanche matin de juillet, elle prend la forme de coussins bons à jeter. Seul le ressenti fait sens.

En tuant Katia, Pierre devient tyran et impose sa propre issue à l'histoire. À la place d'un additif sur le livret de famille, il sème un cadavre et deux orphelines.

Le jour de la découverte du corps, la maison est mise sous séquestre. Elle le restera près d'un an, le temps de réunir les pièces à conviction et de pratiquer la reconstitution des faits. Pierre, victime d'une crise de tétanie sur la scène de crime, refusera d'y collaborer. Durant cette année, ma tante me proposera plusieurs fois de récupérer des petits meubles du garage, me vantant leur fonctionnalité, sans comprendre ma réticence.

L'instruction achevée et la maison vidée, celle-ci peut être mise en vente.

C'est une famille qui l'achète. L'opportunité d'offrir à leurs enfants un espace inaccessible à leurs moyens sous d'autres conditions l'emporte sur la mémoire des murs.

La vie semble leur donner raison. Le jour où je vais voir la maison, il fait un grand soleil d'hiver. Des jouets d'enfants traînent sur la pelouse et un chat dort sur la terrasse où Ludovic, le frère de Pierre, rapporte l'avoir trouvé, hébété, en arrivant le soir du meurtre.

En partant, alors que le soir tombe, Joséphine me ramène en longeant le cimetière de la ville. Nous n'échangeons plus un mot. Et il faut cet alignement de tombes pour me demander, pour la première fois, plus de dix ans après sa mort, où est enterrée Katia.

Je pose la question à Pierre le lendemain au parloir.

Il me regarde et réfléchit un instant avant de répondre : « Je ne sais pas. »

Nous avions gardé ces Polaroid dans le tiroir de la bibliothèque. C'était une petite dizaine d'images prises dans la maison où j'ai grandi, pour le dernier Noël de la famille réunie. Mon père, ma mère, Clément et moi. J'ai dix ans et mon frère, trois de plus. D'un commun accord – je me rappelle avoir demandé son accord à ma mère –, nous les avons détruits. Il faut ce terme, puisque le Polaroid offre une trop grande résistance à l'oubli. Il a fallu s'armer de ciseaux, on ne pouvait pas se contenter de déchirer les pièces gênantes comme on le fait dans les films. Personne ne voulait de ces souvenirs-là.

Mes parents étaient en plein divorce. La conciliation avait eu lieu trois semaines plus tôt, à la demande de ma mère. Mon père ne pouvait pas mieux témoigner de son refus de la rupture qu'en jouant les poids morts. Mutique, il ne déménageait pas. Et quand il a fini par le faire, son choix s'est porté sur un studio où il ne pouvait pas nous recevoir.

Lui dit, aujourd'hui encore : « Ta mère a divorcé, moi pas. »

Ce soir-là, elle a sans doute voulu éclaircir sa position en l'insultant toute la soirée. J'imagine qu'il a compris. Et s'il doutait encore, nous serions là pour en témoigner.

Sur les photos, nos visages racontaient ça.

Trente ans plus tard, ma mère a vendu la maison. Sur le mur en plâtre de la cuisine restait l'encoche d'une théière jetée à travers la pièce par mon père au printemps suivant cette soirée de Noël. Il venait récupérer quelques objets pour aménager son studio. La discussion s'est envenimée. La version des faits se scinde à cet endroit-là : ma mère prétend avoir été visée. Mon père nie. Une seule certitude : il n'a pas pu faire de thé dans son studio.

Quand je suis descendue, il y avait un impact dans le mur, des débris de porcelaine par terre et ma mère pleurait. Mon père, lui, n'était plus là.

Avançons à nouveau. J'ai la trentaine bien assise quand mon mari part. Je ne l'étrangle pas dans un sous-sol. Je ne jette aucune théière. Je l'insulte beaucoup, mais sans témoins. Et je pleure. Très longtemps.

Je me découvre peu d'attrait pour le suicide ; j'ai horreur d'avoir mal. La question est réglée.

Mais, dans cette grande tristesse, j'ai la chance de la curiosité et l'appétence du renouveau. J'accepte de *faire avec*. Contrairement à Pierre, je sais que l'autre n'est pas une part de moi. La souffrance de la séparation sera surmontée un jour ou l'autre : elle ne touche pas à mon instinct vital. Et je suis la première surprise de rester si droite, de me rappeler si profondément que ce que je perds n'est pas ce que je suis.

On invite les parents à parler d'eux à la troisième personne, à oublier *je* pour préférer *maman* ou *papa* afin de faire entendre aux nouveau-nés leur individualité. Certains couples mériteraient cette pédagogie. La violence de Pierre naît là, dans cette impossibilité à distinguer l'autre de soi, siamois dont on voudrait le séparer à la hache.

L'individu est un puzzle, entre corps et tête, plaisir et douleur ou bonheur et souffrance, rendu difforme par le désespoir amoureux. L'évolution humaine s'est nourrie de la capacité à concilier la chair et l'esprit.

Il a suffi de coussins pour ramener Pierre à la préhistoire.

Depuis son incarcération, Pierre a connu six centres de détention. Saint-Paul, la marmite du diable devenue résidence de luxe, Villefranche-sur-Saône, Saint-Étienne, Fresnes, Riom, Réault. Chacun d'eux a correspondu à une étape de sa peine. Maison d'arrêt en attente de condamnation, transfert de procès, centre d'évaluation avant envoi en centrale pénitentiaire, centre d'expertise psychiatrique avant aménagement de peine.

Le déménagement appartient à la routine du détenu. Les biens sont réduits au strict minimum pour permettre les fouilles surprise et les changements de cellule.

Pierre a appris à vivre en décroissant, fatigué des Compact Disc perdus dans les transferts, des lecteurs abîmés par des mains trop lestes. Désormais, sa vie tient dans deux cartons, jamais plus. Il cantine peu, regarde rarement la télévision, travaille à la bibliothèque la journée et lit ou gère son courrier le soir, quand l'éclairage de sa cellule le lui permet. Pierre n'a jamais autant écrit. C'est un effort. Abruti par les médicaments autant que par l'anxiété, formuler ses besoins et ses attentes lui demande une concentration extrême et douloureuse. Chaque courrier le ramène autant à sa condition de détenu qu'à l'incertitude de sa date de libération, sans cesse reculée.

Car le poids de la condamnation est théorique. Dans le droit commun, il s'allège de trois mois la première année et de deux mois chaque année suivante. Les remises de peine supplémentaires sont obtenues à la faveur d'un comportement irréprochable et d'un désir de réinsertion manifesté en travaillant au sein de la prison, en recherchant un emploi ou en s'efforçant de rembourser les parties civiles.

Comme ça, ça paraît simple.

Mais l'administration est lourde, labyrinthique et dure d'oreille. Les autorisations à démarcher, si longues à obtenir, doivent être suivies de prises de contact avec les entreprises locales. Or, Pierre doit appeler dans des créneaux restreints par le règlement carcéral, incompatibles avec les horaires de bureau. Et quand il parvient à fixer des rendez-vous téléphoniques par courrier, c'est, le plus souvent, pour sonner dans le vide à l'heure dite. Personne ne se précipite pour parler à un détenu. Personne, non plus, ne souhaite privilégier l'embauche d'un tueur de femme à celle d'un autre.

Pour espérer sortir, il doit trouver sa place dans un monde qui ne cesse de lui exprimer son rejet.

Le curriculum vitæ de Pierre sent le sang. Il est scindé par cette rupture de juillet 2004. Pierre quitte le monde des vivants pour gagner celui des ombres. De celui de technicien dans une entreprise automobile, il devient bibliothécaire. Les termes sont aseptisés : sur la feuille A4, l'acronyme CD est préféré à centre de détention pour préciser le nom de l'employeur. Les villes changent au fil de ses affectations, comme dans une vie chahutée. Quant au motif de l'incarcération, les durées parlent d'elles-mêmes : on ne passe pas tant d'années en prison pour avoir resquillé dans le métro. Et pour qui en douterait encore, il suffit de taper le nom complet de Pierre dans un moteur de recherche pour connaître les détails de son crime.

Alors les quelques bribes de pistes si chèrement amorcées rompent brusquement. On annule les rendez-vous professionnels et les espoirs d'aménagement de peine sans explication. Et, après mille courriers, mille appels et mille heures d'attente, Pierre revient en case départ.

Paradoxalement, lui, qui n'a jamais su verbaliser ses émotions, formule avec clarté l'étau dans lequel on le place. Sa valeur sociale réside dans ce qu'on l'autorisera à faire. « Il y a trente ans, j'aurais été condamné à mort. Mais, puisque la société a décidé de me maintenir en vie, que veut-elle faire de moi ? » demande-t-il.

La privation de liberté est une expression et il faut prendre acte de sa réalité. Pierre dort, se réveille, mange, se lave, prend l'air et parle à ses proches dans un cadre prédéfini où le désir n'a pas sa place. La sexualité libre et joyeuse y est absente, la nourriture, imposée, comme la couleur des vêtements, et la musique, limitée à un catalogue. On réduit le détenu à une existence végétalisée. Certaines femmes perdent leurs règles le temps de leur incarcération et leur quotidien s'en trouve simplifié.

C'est une mise en sommeil de l'individu rendue nécessaire par la violence du milieu. Mais qu'est-il possible d'attendre d'un corps ankylosé ?

Pierre envisage l'avenir dans des perspectives restreintes. S'installer à l'étranger est impossible avec un casier judiciaire, mais revenir là où la vie s'est arrêtée lui est interdit. Il aimait le vélo et le grand air et consacre désormais ses journées à y jeter les bases d'une reconversion en cherchant des stages dans le commerce d'articles de sport. Le monde qu'il tente de se reconstruire s'abstrait des humains. Lui parle de nature, du souffle du vent. Il aspire au silence. Car, en prison, le bruit est partout, en corollaire de la mise sous surveillance de cet univers collectif. Cris, claquements de porte, allées et venues des gardiens rythment les jours et les nuits. À l'aube, les détenus sont contrôlés. On ouvre leur cellule pour leur demander de bouger et prévenir toute tentative de fuite ou de suicide, avant de les renvoyer dans un sommeil perdu d'avance. La vie s'écoule dans le fracas. Pour les visiteurs, l'agression sonore éclate au parloir. Pour les détenus, elle dure le temps de la peine.

L'oreille se fatigue, la vue s'use sur les murs et les muscles fondent. La peau se couvre de maladies attrapées à frotter sa chair là où tant d'autres ont frotté la leur. Pour le corps, la prison est un désastre. Et si l'homme souffre de son érosion, une charge d'antidépresseurs suffira à l'engourdir pour de bon.

La détention abstrait du monde autant que de soi.

Entre 2005 et 2009, Pierre a vécu à Villefranche-sur-Saône, ville où il n'avait jamais mis les pieds et dont il est parti sans connaître les rues.

Il m'évoque les strates de sa vie récente par lieu de détention.

Pendant huit ans, Pierre n'a pas vu un paysage. Son premier voyage a eu lieu dans un fourgon. Son admission tant attendue en centrale le lui permettait enfin. Arrivé à Riom, il m'a écrit pour me raconter ce trajet sur la nationale, aujourd'hui délaissée au profit de l'autoroute : « Comme il y avait un grand soleil, les couleurs d'automne étaient d'autant plus belles. Et ça m'a fait beaucoup de bien. »

Clément a rencontré Clara quelques années après l'incarcération de Pierre. Belle et pleine d'humour, elle est mannequin et comédienne. Pierre fait sa connaissance à travers nos courriers où nous lui racontons les détails de nos vies. Il nous incite à lui apporter le souffle du dehors. À l'époque, nous nous en acquittons encore en le submergeant de mots. Pierre veut du quotidien, de la norme. Lettre après lettre, il est exaucé. Nous entrons dans une intimité factuelle où nos angoisses n'ont pas leur place, mais où notre existence est exposée en pleine lumière, soumise à la lecture du personnel pénitentiaire avant celle de Pierre.

La vie s'écoule hors les murs. Pierre conçoit des sentiments très forts à l'égard de nos enfants qui naissent et grandissent dans l'abstraction de l'éloignement, et il les inclut aussitôt dans ses déclarations renouvelées à chaque fin de courrier.

Nous en sommes là quand Clara entre pour la première fois dans sa cellule. Le miracle se produit tous les matins. Ravissante, joyeuse et soignée à l'heure où nous émergeons du sommeil, elle apparaît dans une campagne de publicité pour les lève-tôt.

Oui, Clara passe à la télé et on pourrait résumer l'affaire à ça. Son apparition sur l'écran accroché au mur de la cellule de Pierre tient pour lui de la visite mystique.

Clara, touchée par sa solitude et ses manifestations chaleureuses à chaque nouvelle campagne, souscrit à son vœu en déposant une demande de parloir. La procédure est lourde pour qui n'a pas de lien direct avec le détenu, et Clara accepte la convocation au commissariat pour justifier sa requête.

Le cadeau est trop gros.

En mort de faim, Pierre surinvestit le lien alors que la carrière de Clara se déploie. On la voit plus et mieux. Pierre peut composer une liste de numéros de téléphone, après autorisation écrite de chaque interlocuteur. Il demande à l'y inscrire, lui écrit, lui fait des remarques sur son jeu et sa carrière. Clara prend peur, interloquée par les effusions de cet homme qu'elle ne connaît pas. Elle vient enfin de recevoir son permis de visite quand Clément et elle divorcent.

L'affaire bouleverse Pierre. Non seulement elle le renvoie à sa propre séparation, mais elle marque la disparition d'une figure familiale essentielle à ses yeux.

Et désormais, la relation épuise Clara qui n'imaginait pas faire l'objet d'une telle obsession et ne se sent plus apte à l'affronter. Elle peine à lui répondre et abandonne tout projet de parloir. Seule, elle est terrifiée à la perspective de se retrouver face à lui.

La déception de Pierre ne se transforme pourtant pas en amertume. Les sujets d'aigreur ont été nombreux, au point de l'en rendre parcimonieux, et il reste serein face à cet éloignement. Il cesse de la traquer à la télévision et se contente de passer par moi pour obtenir de ses nouvelles. La formule « Embrasse bien fort Clara pour moi » conclut ses lettres.

Pourtant, un jour où il est transféré dans un centre de grande banlieue parisienne à l'occasion d'une expertise psychiatrique, il m'invite à la prévenir de son rapprochement temporaire. Son permis de visite est resté inutilisé. Puisqu'il est là, si près, pourquoi ne pas en profiter pour se rencontrer enfin ? L'opportunité est relative puisque, en réalité, le temps dilaté de l'administration pénitentiaire maintient la prison à des années-lumière du monde. Pour cette demi-heure avec lui, j'ai passé l'intégralité de mon après-midi dans les transports. Je tente de calmer son enthousiasme, devinant à l'avance l'embarras de Clara. À moins de s'y trouver contraint, peu rêvent d'un tête-à-tête avec un tueur de femme. Mais Pierre est mobilisé. Il a même calculé le temps de trajet en trouvant le meilleur itinéraire. Et puis, insiste-t-il, c'est une femme curieuse. Ça pourrait l'intéresser. « Moi, à sa place, je viendrais, ne serait-ce que pour voir où vont mes impôts. »

Il y a le dedans, le dehors, et cette si grande difficulté à faire coexister les deux.

La justice est un gouffre à temps. Machine saturée, elle dispose de moi.

Je témoignerai dans la journée sans savoir quand. J'ignore si je parviendrai à attraper le dernier train. Personne ne peut répondre à ma question.

Me voilà plongée dans un bain de chagrin. Il fait froid. La ville est triste. Faisons simple : on n'est pas là pour rigoler.

Le couple formé par mon oncle et ma tante est vieux désormais. Pour se pourvoir en cassation, ils ont vendu la maison de ma grand-mère héritée à sa mort. La justice n'est pas donnée.

En ce jour d'ouverture du procès, ils sont portés par le fol espoir de la dernière carte à jouer. Je ne les ai jamais vus pleurer, ni entendus se plaindre. Ces soubresauts judiciaires sont devenus des marqueurs de temps dans leur histoire. Ils sont devenus autant de preuves d'amour pour leur fils.

Depuis cinq ans, leur vie est dédiée à ça. Avant ce dimanche matin, il y a eu leur grande et longue histoire d'amour, jamais démentie malgré la singularité de leurs rapports, ces deux fils, un quotidien consacré à la recherche avant d'arriver aux premières années de leur retraite. Cet âge-là était l'horizon de nouvelles découvertes permises par une disponibilité toute neuve. Il a fallu reconsidérer la question. Alors autant le faire sans se complaire dans la douleur. Aujourd'hui, ils se plient à l'autorité.

Ici, autour du tribunal, la vie ressemble à la leur : elle s'est calée sur le rythme judiciaire. Les horaires des services suivent ceux des audiences, et le prix des menus s'accorde aux remboursements de frais.

Nous pénétrons ensemble dans le bâtiment. On fouille mon sac et me demande de retirer ma veste. J'ai froid et je me tais.

En chinois, la France s'appelle *Făguó*, littéralement « pays des lois ».

Ici, le poids de la justice et de l'histoire l'emporte sur l'individualité.

J'écoute la liste des témoins, écrasée par les lieux et la force du cérémonial, et réponds présente à l'énoncé de mon nom. On me reconvoque dans l'après-midi.

L'attente peut recommencer.

François, à nouveau, a œuvré. Il a repeint mon nouvel appartement durant mes quinze jours de déplacement à Beyrouth. Après ma séparation amoureuse et la colocation des Lilas, j'ai retrouvé les mètres carrés où reprendre un départ d'à-nouveau-célibataire. J'ai laissé les clés à François avant de partir et quand je débarque de l'aéroport, les murs sont d'un blanc immaculé. François est si heureux de son travail qu'il oublie ma nuit passée dans l'avion. Il ne me laisse pas me coucher avant d'avoir examiné avec lui les moindres détails en liquidant la cafetière préparée pour mon arrivée. C'est beau, comme toujours, mais j'avoue, je regrette la couleur du précédent. Lui est plein d'enthousiasme : « Le blanc, c'est mieux pour recommencer une histoire. » Il enfile sa veste, récupère son *Libé* et me laisse enfin. Les pieds plantés sur le paillasson qui dit « Bonjour », François jette un dernier regard à l'appartement, avant de me lancer comme une bénédiction : « Tu vas être bien ici. » Je me retrouve seule, lestée de trois cafés, et j'abdique : je n'arriverai plus à me rendormir.

Les peintures sèchent encore quand je le rencontre, lui. Nos premiers souvenirs en ont gardé l'odeur. Cet homme-là me paraît tout droit sorti des prédictions de François. Il a toutes les qualités. Il est beau, drôle et doux. S'il en avait conscience, il boirait sans doute moins. Entre nous, tout marche d'autant mieux qu'il n'est jamais là. Ça me convient. Pas à lui, ne cesse-t-il de me répéter. Et ce tournage de deux mois à Berlin n'arrange rien. Il insiste beaucoup pour que je le rejoigne dès le premier week-end, et sa détermination me touche assez pour me convaincre.

J'atterris en fin de matinée. Je le préviens de mon arrivée. Lui me rejoindra en début de soirée. Ce sera notre dernier échange. La foule d'appels de boulot me pousse à couper mon portable.

Quand je le rallume, il est déjà tard. À voir le nombre de messages qui s'affichent, je crois à un accident grave ou à un attentat. L'affaire est pourtant moins lourde : sa journée de tournage a fini en avance. Les premiers SMS m'en informent, factuels et tendres. Mais le ton bascule vite. Je les ai gardés pour m'assurer ne pas avoir rêvé ces vingt-quatre heures. Les premiers reproches dus à mon silence arrivent ; d'abord avec des smileys, puis sans. Il m'accuse de n'avoir aucun égard pour son inquiétude, aucun souci des autres, de ne pas être digne de l'amour qu'il me porte. Et les insultes commencent pour taper à tous les niveaux. Je reconnais ces mots. Je l'ai déjà entendu les employer envers d'autres, après quelques verres. Les horaires d'envoi correspondent au pré-apéro, à l'apéro et à la suite de l'apéro.

Il fait déjà nuit, je crève de froid dans les rues de Berlin battues par les vents et, étrangement, rentrer à Paris ne me vient pas à l'esprit. Je connais les humeurs du garçon et sais déjà qu'elles viendront à bout de ce « nous » timide, mais je ne crains rien de plus.

Quand je rejoins l'Airbnb aseptisé devenu son chez-lui pour les semaines à venir, il m'accueille, mutique. Sur l'échelle des moments de bonheur de la vie, on est à la limite de l'écrasement au sol. Quelques mots meublent à peine le silence. Mais la colère est si près, si lourde ! Elle déborde quand l'homme exige des excuses pour cette angoisse provoquée par *ma faute.*

La suite manque singulièrement de comédie.

Cette nuit-là, au milieu des meubles Ikea, il y a beaucoup d'injures, de méchanceté et, surtout, c'est ce qui me marque le plus durablement, certaines vérités au milieu des délires nés de ses excès. Ce sont les seules à me blesser véritablement. La qualité de ces engueulades tient au talent de leur initiateur à mêler quelques reproches sincères au flot d'accusations ubuesques.

Je garde une seule image de ces heures : celle de la salle de bains refaite à neuf, carrelée turquoise du sol au plafond, où je m'enferme. Il a hurlé alors que j'y étais entrée un instant et j'ai eu le réflexe de verrouiller la porte. Le bruit de la clé l'a littéralement rendu furieux.

Il commence par tambouriner, m'implore de lui ouvrir et me reproche d'avoir peur de lui. Et je le trouve sacrément gonflé : l'homme fait deux fois ma taille et m'insulte en tapant sur la porte. Ma peur me semble plutôt à sa place.

Je garde les yeux rivés sur les gonds. Ils ont l'air allemands et ça me rassure, car sa colère ne me paraît pas près de s'arrêter.

Des heures suivantes, je n'entendrai pas les voisins se plaindre. Pourtant, l'homme dont trois centimètres de contreplaqué me séparent ne se montre pas économe, ni de ses pleurs ni de ses cris. Les Airbnb doivent en être coutumiers. On se lâche davantage quand on ne partage aucune réunion de syndic.

J'attends que cet homme-là s'endorme de l'autre côté de la porte et, assise sur le sol chauffant, collée au mur, je sombre avant lui pour me réveiller à l'aube, desséchée par le thermostat et singulièrement bernée sur le concept du week-end torride. Dans l'appartement, il n'y a plus un bruit. J'ouvre la porte. Je suis trop fatiguée pour craindre les coups.

L'homme m'attend assis sur la banquette en pin deux places. Il renifle par excès de pleurs ou de cocaïne, je ne saurai jamais, et me regarde réunir mes affaires sans prononcer un mot, spectateur d'un désastre. Cette souffrance transpirante pourrait me clouer au sol : la violence est si étrangère à ce que j'aime chez cet homme que je l'occulterais volontiers pour tout reprendre à zéro. Comme chez ma copine frappée à coups de chaise ou chez Katia face à la première crise de tétanie de Pierre, ma peine l'emporte sur ma colère. Dans notre éducation, l'empathie a dû passer avant l'instinct de survie. Je pars en pensant à elles, car, j'en suis certaine, le corps suivra les mots.

À l'aéroport, mon billet retour me coûte le montant d'un RSA pour une vingtaine d'heures à Berlin, dont une moitié à me faire insulter.

Et je supporte tout sans une plainte jusqu'à cette rencontre, en salle d'embarquement, entre mon pied et cette valise polonaise. La douleur est forte au point de me faire exploser d'un fou rire nerveux impossible à endiguer. La dame très imposante, propriétaire de la valise, me regarde sans comprendre l'effet de ses roulettes sur mon corps et improvise dans une langue étrangement traduite : « Vous, les Français, vous n'avez jamais mal comme les autres. »

Je ne peux pas les regarder.

J'énonce mon nom, mon prénom, mon adresse et ma profession sans trébucher. J'ai préféré « productrice » à « auteure ». Pour un témoignage au pénal, ça fait plus sérieux. Je veux adresser un mot à la famille de Katia. Je l'ai prévu depuis la minute où j'ai pris la décision de venir à la barre, des mois plus tôt. C'est nécessaire : je ne viens pas défendre Pierre, mais raconter son histoire. Je me tourne vers eux et je flanche. Pour évoquer mon respect de leur deuil et de la mémoire de Katia, je regarde à côté. Je ne peux pas soutenir leur regard.

J'ai tellement honte.

Alors je parle comme on plonge en apnée.

On connaît tous ces face-à-face intenses, dont on ressort exsangues, la mémoire lavée. Dans ces épreuves-là, la force de l'immédiateté l'emporte sur toute capacité de souvenir.

Je raconte Pierre enfant, le cousin adorable, l'adolescent bonsaï et maltraité, alors que, derrière la vitre du box des accusés, il me fixe, anesthésié. Je raconte la haine familiale pour son père et l'indifférence affective de sa mère devant eux, distants, à quelques mètres.

On m'a promis qu'ils ne seraient pas là et je ne comprends pas qu'ils le soient finalement. Mais, au point où j'en suis, cela n'a plus d'importance, je ne suis pas sûre de les revoir un jour.

Face à moi, les gens sont doux. Je n'ai commis aucun crime.

Les questions commencent, sans piège ni malice. Chacun, ici, veut comprendre. La justice est un labyrinthe où peut se tendre la main des magistrats. C'est simple, finalement, un témoignage, il suffit de répondre. Et, au fil de l'échange, j'ignore si j'éclaire une part du réel, mais moi, je gagne en lumière. Il m'aura fallu ça, me retrouver arrimée à cette barre de tribunal pour enfin m'entendre répéter mes certitudes et comprendre leur vacuité. J'évoque la douleur de Pierre et on me parle meurtre. Je renchéris sur son mal-être et on m'oppose les faits, sans provocation. « Entre la souffrance et le meurtre, il y a un monde », me dit le président en m'entendant faire un lien si direct entre l'un et l'autre. Je reste désarçonnée devant cette vérité, sans doute la seule apte, dans ce brouhaha de mots, à porter ce nom, avant de tenter de comprendre avec eux à quoi ce monde, précisément, peut ressembler.

Face à la cour, je perds la conscience du temps pour rester dans un présent absolu. Je ne m'entends pas et j'ignore si ces mots cherchés si loin trouvent leur sens. Cette demi-heure – l'horloge le raconte pour moi – devient un morceau inaccessible de mon histoire.

En entreprenant l'écriture de ce livre, je reprendrai la presse et tomberai, sidérée, sur les heures du procès dans un quotidien local, relayées par la page Web de celui-ci. Je resterai en suspens devant mon ordinateur et me déciderai à faire défiler tous les témoignages, repris littéralement, jusqu'au mien. En l'abordant, j'aurai la même appréhension que si je découvrais une photo de moi dans le coma ou victime d'un accident de la route, une image à la fois trop intime et parfaitement étrangère. Je cliquerai sur l'heure de ma convocation : le compte rendu s'arrête à mon arrivée dans la salle.

L'harmonie du monde se trouve parfois aux endroits les plus inattendus.

Dehors, il fait déjà nuit. Le dernier train est parti et je vais devoir affronter les heures à venir sans plus rien à fumer. C'est ma première pensée en me retrouvant dans la rue déserte.

Je trouve une chambre dans un nouvel hôtel, moins sinistre, et j'appelle les miens, les vrais : mon mari et mon frère. Je me demande comment occuper ces heures vides quand mon téléphone sonne. C'est ma tante. J'hésite à décrocher avant de m'y décider : il faudra bien l'affronter un jour. Mais Dominique ne veut pas parler, elle a faim. Je suis partante pour dîner avec eux ?

On se retrouve face à du boudin noir : c'est le seul plat à la carte. Le restaurant est spécialisé dans le sang et nous le découvrons en nous asseyant. Ludovic, végétarien, me donne le sien pour se contenter de sa salade. Je m'attends à un règlement de comptes, mais, sous le regard de Werner et tout en se débattant avec son boyau, ma tante me remercie d'être venue. Elle me raconte avoir oublié son Sonotone : elle n'a rien entendu de mon témoignage. Mais, précise-telle, « tu parles bien ». Alors elle me fait confiance. Je mange mon boudin double dose. Et, ensemble, nous parlons de tout, sauf de ce que nous venons de vivre. Dominique est soulagée : la première des trois journées s'achève et c'est, d'expérience, toujours la plus dure. Werner me regarde tout le repas, sans un mot. Lui m'a entendue.

À la fin du dîner, il me raccompagne à l'hôtel et, alors que je descends de sa voiture, il sort de son silence pour souffler : « Un jour, il faudra qu'on parle, madame la productrice. »

Ce jour n'est pas encore venu.

Le verdict est rendu le surlendemain, dans la soirée.

La singularité de ce meurtre, crime conjugal ou féminicide, c'est la dissimulation du corps et l'attitude du prévenu durant les trente-six heures qu'ont duré les recherches. De l'avis des experts réunis autour de cette affaire, la perversité est absente. Pierre agit en enfant. Il a commis une bêtise et ferme les yeux pour la faire disparaître. L'avocate générale évoque un fonctionnement psychologique de l'ordre de la pensée magique.

La récidive est jugée impossible par les psychologues.

Pierre dit : « J'ai détruit la femme de ma vie. »

Pierre est un enfant devenu meurtrier.

Comme par deux fois auparavant, avocat de la partie civile et avocat de la défense se sont affrontés. La partie civile a eu la bienveillance de reconnaître l'évolution des propos du prévenu, tout en s'interrogeant sur la sincérité de cette maturation : à la fragilité affichée par Pierre s'oppose sa détermination dans l'acte.

C'est à l'avocate générale que revient la tâche de conclure. Ses mots font sens. Je lui laisse la parole :

« Dans cette affaire, y a-t-il eu préméditation ? L'enjeu de cette question, c'est celui de la vérité que nous avons le devoir d'approcher. [...] Contrairement à Pierre X, je ne pense pas que la vérité soit moins douloureuse que le mensonge. Savoir, c'est ouvrir un chemin vers l'apaisement. »

Ce troisième procès a été pour Pierre l'occasion de sortir de lui-même pour aller à la rencontre de sa culpabilité. Et il est parvenu, vaille que vaille, à donner un autre visage de lui-même.

Le portrait donné de Pierre au moment du meurtre est celui d'un homme perturbé par tout ce qui sort du cadre dans lequel il a enfermé sa vie. Sa femme est trop dynamique. Ses enfants le sollicitent trop. Son mal de dos symbolise tout cela. Katia s'épuise à soutenir son mari qu'elle aime, mais qui peine à se décider. Cet homme-là a peur de tout et surtout de la vie.

L'avocate générale ne croit pas en cette semaine idyllique sur laquelle trop de témoignages se contredisent, mais est convaincue qu'il s'est passé quelque chose dans la soirée du 10 juillet. Des mots ont-ils été prononcés, dissuadant Katia de sortir ? A-t-elle parlé de divorce ?

Et puis, il y a le crime. Il frappe, mais elle ne perd pas connaissance. Il veut la tuer et elle sait qu'elle va mourir.

Le même acharnement à tuer se retrouve dans la dissimulation du corps et la mise en scène qui l'accompagne.

Alors peut-on parler de préméditation, bien que Pierre prétende le contraire ? Oui, dès lors qu'on l'envisage comme une mise en place consciente ou inconsciente des éléments d'un acte, comme une adoption progressive de l'idée. Il y a cette matraque achetée un mois auparavant. Ces outils devenus armes. Ces conditions idéales : la présence de Katia au sous-sol et l'absence des enfants.

Il n'y a pas d'explosion de violence, mais une maturation. Pierre est un homme lent. Il a besoin de temps pour faire les choses. Sa rumination est sourde et elle aboutit à une action déterminée et implacable.

Ainsi conclut-elle : « Je ne dis pas qu'il a prévu de tuer Katia ce jour-là, mais les circonstances favorables se sont présentées. » Alors, oui, on peut parler de préméditation.

Me viennent ces mots de la sœur de Katia : « S'il l'avait enterrée à la cave, il serait resté des mois comme ça, avec les filles. »

Pierre est condamné à vingt-cinq ans de prison.

Pour Pierre, la peine peut enfin commencer. Il a choisi son centre de détention à une heure de route de chez ses parents. Leur vie s'est installée dans ce mouvement entre la banlieue de Lyon et Riom.

L'urgence à le maintenir en vie s'est dissipée. Pierre vieillit et nous allons moins le voir. Ses cheveux sont blancs maintenant. Les liens se relâchent. Son combat a évolué. Sans doute a-t-il enfin l'impression d'avoir été entendu. Il multiplie toujours les « je t'aime » et les « merci » à tout-va et continue à nous appeler sous le coup de ses angoisses ou de ses joies, mais son obsession se situe maintenant dans l'après. Cet homme-là a tout abdiqué. Il n'attend en réalité rien, ni de nous ni des mains qui se sont tendues vers lui avant de se retirer. Je ne serai pas à sa levée d'écrou. J'ai joué mon rôle ; d'autres prendront ma place. Pierre semble le deviner sans en nourrir d'aigreur. Peut-être puis-je le formuler ainsi : sa dette vis-à-vis du monde ne le laissera jamais quitte, mais il aspire, à sa sortie, à ne plus être réduit à un meurtrier.

Pierre est cela, mais il n'est pas *que* cela.

Il parvient désormais à parler, à sa manière. Il est devenu végétarien. Il l'évoque, devant Clément et moi, lors d'une conversation au parloir. Je m'étonne, en prison l'affaire est délicate. Pierre nous répond avec naturel : il a déjà pris une vie. Et Clément et moi entendons de sa bouche « j'ai tué » pour la première fois.

Pierre travaille à la bibliothèque. Il organise parfois la venue d'auteurs et c'est comme si un souffle d'air rentrait en prison. Il ne peut toujours pas lire d'ouvrages ou voir de films violents, mais prend du plaisir à parler avec des écrivains. Il investit beaucoup dans ces rencontres où il lui importe de se montrer digne d'intérêt. À une amie romancière venue leur parler, il offre un bouquet d'origamis. En rentrant, elle m'alerte sur son anxiété et ses tics. Son absence de jugement sur lui me porte longtemps.

En prison, l'échange humain est réduit. Pierre regrette le roulement trop rapide des détenus. Il peine toujours, après une décennie d'incarcération, à inspirer le respect aux autres ; sa fragilité se devine trop facilement. À Saint-Paul, on l'appelait Blanche-Neige. Le surnom revient parfois.

Il est heureux quand un détenu étranger arrive. Il peut parler anglais avec lui. L'exotisme, « l'haut-delà des murs » commence par des détails. Un jour, on fait entrer des chevaux pour un spectacle dans la cour de la prison et c'est un émerveillement dont il parle des mois durant.

On dit les prévenus du correctionnel déterminés socialement, quand ceux des assises seraient des hommes ou des femmes du commun tombés dans la tragédie. Une fois enfermé, c'est à chacun de donner sens à sa peine.

Pierre, lui, à sa façon profondément laïque, cherche le rachat.

Il rêve d'espace, de souffle et de solitude. Son idéal ressemble aux enveloppes qu'il m'adresse encore de temps à autre, découpées dans des magazines de nature, des paysages verdoyants.

Il aspire à un temps où la semaine ne se limiterait pas à un dimanche matin.

Un jour, alors que j'achève ce livre, je pars tôt à Arras en laissant ma fille devant les portes encore fermées de l'école. Je découvre la ville sous un soleil d'hiver.

Les ors de la République m'accueillent à nouveau. Le tribunal est vaste : la loi a parfois la démesure d'une cathédrale.

L'avocate générale du troisième procès de Pierre m'attend. Malgré la presque décennie qui nous sépare de notre dernière rencontre, cette femme-là n'a pas changé. L'intensité de sa réflexion paraît l'avoir préservée du temps. Elle vient d'être nommée à ce qui sera son dernier poste. Elle a consacré sa vie à la justice. Son souvenir de l'affaire est vif. Elle a accepté de me rencontrer à condition qu'on n'évoque pas les faits, mais l'esprit dans lequel elle les a, à l'époque, considérés.

Je n'ai pas préparé de questions, je veux l'entendre me parler de ce qu'elle nomme cette « responsabilité de la parole » et de la manière dont on porte l'accusation au nom de la société. On discute à bâtons rompus durant le temps qu'elle consent généreusement à m'accorder.

Avant de partir, alors que mille transgressions au droit et à la morale, mille crimes, ont été abordés, je lui demande si elle a fini par croire au Mal. Elle me répond spontanément : « Non, mais je crois toujours au Bien. » Avant d'ajouter : « Je crois en l'homme. »

En quittant le tribunal, je m'arrête boire un café au comptoir de la brasserie d'en face. Mon amie Marion m'appelle. Elle a, un temps, été professeure à l'université d'Arras et connaît bien l'endroit. Elle me demande comment s'est passé l'entretien et m'invite à regarder en sortant le bâtiment Renaissance qui donne sur le square. Je promets d'aller voir ; j'ai un peu de temps avant de reprendre le train. Je raccroche en l'embrassant et finis mon café. Autour de moi, ça s'active avant l'heure du déjeuner. L'agitation des cuisines se découvre derrière la porte battante et le monde est joyeusement bruyant.

Je termine ces lignes en me noyant dans ce brouhaha de vie.

Je crois, moi, à l'écriture avant toute chose. Je crois que ceux qu'on a aimés ne meurent pas tant que l'on témoigne d'eux.

Je crois aux prémices de l'apaisement dans la justesse des mots.

Paris, janvier 2019.

Composition et mise en pages
FACOMPO, Lisieux

Imprimé en France par CPI
en mars 2020
N° d'impression : 3037435

S30791/01